Einar Kárason • Sturmvögel

Einar Kárason

# Sturmvögel

Roman

Aus dem Isländischen von
Kristof Magnusson

btb

*Im Februar 1959 gerieten einige isländische Fischtrawler vor Neufundland in ein schweres Unwetter. Die damaligen Ereignisse dienten mir als Ausgangspunkt für diese Geschichte – Handlung und Personen hingegen gehorchen nur den Gesetzen der Dichtung.*

*Im Mittelpunkt dieser Geschichte steht der Trawler Mávur, was auf Deutsch so viel heißt wie Möwe.*

Auf den ersten Blick wirkt es wie ein aussichtsloses Unterfangen, ein Schiff in einem Wintersturm von Eis zu befreien. Das Eis sieht nicht nur aus wie Glas, es ist auch ebenso hart wie Glas, und wenn das Ganze erst mal so weit fortgeschritten ist wie auf unserem Schiff, dann reden wir nicht mehr über einen dünnen Eisüberzug, den ein Kind mit einem Steinwurf zerschmettern könnte, sondern über eine massive, bizarr geformte Skulptur aus Kristallglas, als hätte ein kunstsinniger Handwerker seiner Fantasie freien Lauf gelassen und sich nur noch lose an den wirklichen Umrissen eines Schiffes orientiert. Über den Schleppnetz-Winden türmt sich das Eis so hoch auf, als wären da kleine Berge oder Ski-Hügel, während die Stützen für die Fischbecken an amerikanische Wolkenkratzer erinnern.

Die Reling auf dem Schanzkleid ist zu einer steinernen Gartenmauer geworden, und Drähte und Seile, die normalerweise nicht dicker sind als der Daumen eines kräftigen Bootsmanns, haben nun den Umfang von Abwasserrohren. An den Galgen, über die normalerweise unsere Schleppnetze laufen, hängt das Eis in riesigen Klumpen. Auch das Bootsdeck ist bereits vollkommen mit Eis bedeckt, genau wie das, wovon im Fall der Fälle unser Leben abhängt: die Rettungsboote.

Und dann ist da noch der Aufbau auf dem Vorschiff, die Back, mit ihren Winden und Spills. Dort sieht es aus wie auf einem Gletscher, der Ähnlichkeit hat mit dem Vatnajökull, auf dem vor einigen Jahren das Flugzeug *Geysir* abgestürzt war. Die Besatzung hatte man damals schon aufgegeben und dann nach vielen Tagen doch noch lebend gefunden. Als sich einige Monate später im Frühling eine Suchmannschaft zu der Unglücksstelle aufmachte, um das Flugzeug und seine Fracht zu bergen, war das Wrack schon völlig vom Eis des Gletschers verschlungen worden. Dasselbe war mit dem Schneekufen-Flugzeug passiert, das die U. S. Army geschickt hatte, um die Besatzung der *Geysir* zu retten – es war sofort nach der Landung festgefroren und musste zurückgelassen werden.

Auch der Besatzung des Trawlers *Mávur* kam es so vor, als müsste sie gegen einen ständig wachsenden Gletscher kämpfen. Alle hatten ihre wärmste Kleidung an, Ölzeug und Watstiefel, die ihnen bis über die Knie gingen. Manche benutzten Hämmer, andere Schraubenschlüssel, manche Stücke von Rohren, Fleischklopfer, Küchenbeile, der Bootsmann schwang eine enorme Brechstange, die man an Land auch Kuhfuß nannte, und die, die es am besten getroffen hatten, arbeiteten mit einer der beiden Eisäxte an Bord, die im Vergleich zu den anderen Gerätschaften sonderbar klein wirkten. Sie wagten sich auf das vereiste Vorschiff, wo man sich besonders gut festhalten musste, was normalerweise kein Problem war, auch nicht bei so heftigem Seegang, wie wir ihn hatten, doch nun war alles, was einem Halt geben konnte, unter dem Eis verschwunden.

Wenigstens rollte das Boot weniger, als es bei einem solchen Unwetter normalerweise der Fall gewesen wäre – das Gewicht des Eises sorgte dafür, dass das Schiff sich, wenn überhaupt, nur noch langsam wieder aufrichtete, nachdem es sich nach Backbord oder Steuerbord geneigt hatte. Aber das hatte natürlich auch Nachteile, bedeutete es doch, dass der Boden unter den Stiefeln der Besatzung immer ein Gefälle hatte. Und dann waren da noch die Sturzseen, die über uns hereinbrachen, wenn wir am wenigsten damit rechneten, mächtige Brecher, die mit der Wucht eines Wasserfalls auf unser Schiff schlugen und alles unter sich begruben.

Auch wenn das Eis vom Aussehen her einem Gletscher oder einer massiven Skulptur aus Kristallglas glich, war es einfacher abzuschlagen, als man vermuten würde. Ein klug gesetzter Hieb gegen eine Stütze der Reling oder dorthin, wo unter dem Eis ein Stahlseil verlief, konnte einen halben Meter losschlagen, manchmal sogar mehr. Es ist immer schön zu sehen, wenn man mit seiner Arbeit Erfolg hat, egal welche Arbeit es ist, und hier hatte es etwas besonders Ermutigendes. Die gänzlich verschwundene Reling tauchte nach einigen Schlägen dort wieder auf, wo sie immer schon gewesen war. Anfangs machte es sogar irgendwie Spaß, mit tief in das von der Gischt nasse Gesicht gezogenem Südwester zuzusehen, wie von einem Stahlseil, das durch seinen Eispanzer eben noch den Umfang eines Fassbodens hatte, nach einigen Hieben mit der entsprechenden Kraft das Eis abplatzte, in großen Brocken auf das Deck fiel und dann in der tosenden See verschwand. Anfangs kamen sie gut voran und gaben dem Schiff seine ursprüngliche Form zurück. Das Arbeitsdeck tauchte wieder auf, sowohl die Abschnitte, an denen noch braune oder schwarze Farbe haftete, als auch die mit dem blanken Stahl. Bei dieser Arbeit war es leicht, alles um sich herum zu vergessen, doch genau das erlaubte man sich besser nicht, musste man doch ständig aufpassen, ob nicht wieder einer dieser Brecher auf das Schiff niederging, und darauf gefasst sein, schnell einen der soeben freigeschlagenen Haltegriffe zu packen.

Der Kapitän stand oben im Ruderhaus hinter einem Fenster und beobachtete über ihre Köpfe hinweg die See um sie herum, die Wellen, die zum Teil so hoch waren, dass er sich ganz aufrichten musste, um abschätzen zu können, wie sie verliefen. »BRECHER!«, brüllte er auf das Deck hinaus, sobald er ahnte, dass eine Sturzsee auf das Schiff niedergehen würde. Und nachdem das Wasser abgeflossen war, hatte sich auf alles, das sie gerade enteist hatten, abermals eine Eisschicht gelegt, die nicht nur jeder neue Brecher weiter anwachsen ließ, sondern auch die mit Gischt gesättigte Luft und der Schnee. So mussten sie immer wieder auf dieselben, gerade erst enteisten Relingstützen und Stahlseile einschlagen, nur jedes Mal mit etwas weniger Kraft in den Armen. Und die warmen Wollsachen, die sie unter ihrem Ölzeug trugen, waren auch längst nicht mehr trocken, weil die Männer wegen der harten Arbeit schwitzten und ihnen bei jedem Brecher kaltes Wasser in den Kragen lief, das manchmal sogar so hoch an Deck stand, dass es ihnen in die Stiefel schwappte.

Anfangs kamen sie gut voran, aber dann waren da immernoch die Eismassen auf dem Vorschiff, die sich um die Winden und auf der Back auftürmten und das Schiff schwerer und schwerer machten. Im Gegensatz zu den Stahlseilen, die hin und her schwangen und dadurch mithalfen, das Eis abzuschütteln, waren die Eismassen auf dem Vorschiff so unbeweglich, schweigend und kalt wie die Gletscher im isländischen Hochland. Die stärksten Männer mit dem besten Werkzeug machten sich dennoch ans Werk, und das mit um so größerem Eifer, so dass es auch hier kleine Erfolge gab. Besonders an der Treppe, die auf die Back hinaufführte, schlugen sie einige schöne Stücke ab, die dann aber wiederum so groß waren, dass es ein anderes Problem gab: Diese Eisbrocken schlitterten nun über das nasse Deck, und man tat gut daran, ihnen aus dem Weg zu gehen. Jeder Seemann weiß, wie scharf die Kanten von abgebrochenem Eis sein können. Erst vor wenigen Tagen hatte ein Eisberg ein modernes Schiff mit über hundert Mann versenkt, und das in denselben Gewässern, in denen die *Mávur* unterwegs war, jenen Gewässern, in denen es vor ungefähr einem halben Jahrhundert auch den Luxusdampfer Titanic mit fast zweitausend Menschen erwischt hatte. Außerdem konnten diese Eisbrocken einen Seemann verletzen. Erschwerend kam hinzu, dass das Schiff nicht leichter geworden war, weil die Brocken immer noch an Bord lagen. Diese scharfkantigen, unkontrolliert über das glitschige, schwankende Deck rutschenden Brocken mussten eingefangen und so klein gehackt werden, dass sie durch die Speigatten von Bord gespült werden konnten; die größeren Stücke mussten sie mit vereinten Kräften über das Schanzkleid hieven.

Die, die sich als Erste hinausgewagt hatten, um den Kampf mit dem Eis aufzunehmen, hatten sich Seile um die Körpermitte gebunden, deren andere Enden am Schiff festgemacht waren. Die anderen in den Mannschaftskabinen unter dem Vordeck mussten warten, bis ein Seil zwischen dem Ruderhaus und der Back gespannt worden war; dann erst konnte man riskieren, sie herauszurufen. Sie machten sich, durch das Seil gesichert, auf ihren Weg über das Deck in Richtung Ruderhaus. Dort angekommen bekamen sie den Befehl, das Eis abzuschlagen, das sich außen vor dem Ruderhaus angesammelt hatte. Sie machten Fortschritte, nur zerschlugen sie mit einem ihrer Hiebe ausgerechnet das Fenster, an dem der Kapitän normalerweise stand, weil dort der Maschinentelegraf war, mit dem er seine Kommandos an den Maschinenraum übermittelte. Normalerweise hätte man diese Fensteröffnung sofort irgendwie abgedeckt, da jetzt Gischt, Wind und Schnee eindrangen, doch der Kapitän wusste sofort, dass sie das nicht tun durften, schließlich waren alle anderen Fenster des Ruderhauses waren fast vollständig vereist.

\*

Ihr Fanggebiet hatten sie vier Tage zuvor erreicht, nach einer langen Fahrt von Island aus, 1200 Seemeilen gen Südwesten, vorbei an Grönlands Kap Farvel bis hierher, an die Küste vor Neufundland, wo es so unglaublich viel Rotbarsch gab. Gleich beim ersten Tageslicht am Dienstag befahl der Kapitän der Mannschaft, an Deck zu kommen und die Schleppnetze klarzumachen. Das Wetter war ruhig, aber kalt, minus fünf Grad, und das, obwohl sie in weitaus südlicheren Breiten unterwegs waren als sonst. Die See war eisig hier, da der kalte Labradorstrom, der zwischen Grönland und Kanada aus dem Norden kam, auf das deutlich wärmere Wasser des Golfstroms aus dem Süden traf. Das hatte nicht nur starken Seegang zur Folge, sondern spülte auch viele Nährstoffe an die Oberfläche, weshalb hier viele Fische waren, viel Leben, und zwar nicht nur im Wasser, sondern auch in der Luft. Gerade in diesem Moment sahen sie über ihren Köpfen einen großen Schwarm von Dreizehenmöwen auf ihrem allmorgendlichen Zug in Richtung Nordost, hinaus aufs Meer. Von denen gab es hier so viele, dass isländische Seeleute die Neufundlandbank auch Möwen-Bank nannten. Neben unserer *Mávur* waren auch andere isländische Trawler in der Nähe unterwegs, mit der *Skerpla* und der *Harpa* aus Hafnarfjörður standen wir in Funkkontakt. Die *Eyfirðingur* aus Nordisland befand sich irgendwo weiter nördlich, zusammen mit der *Garpur* aus den Ostfjorden, dem modernsten und prächtigsten Schiff der isländischen Fischereiflotte, das erst vor einem oder zwei Jahren in West-Deutschland gebaut worden war. Die Garpur hatte vor Kap Farvel einen schlimmen Brecher abbekommen und über Funk mitgeteilt, es habe sich angefühlt als würde man bei voller Fahrt gegen eine Betonmauer prallen. Der Brecher war wohl mit voller Wucht auf die Steuerbordseite des Ruderhauses geprallt, hatte dort sieben Fenster und alle Lampen zerschmettert, wodurch der Steuermann und die anderen im Ruderhaus bis zur Hüfte in kaltem Wasser standen und der Funker das Glück hatte, nicht backbord über Bord gespült zu werden, als das wieder ausströmende Wasser eine Tür aus den Angeln riss. Erst schien es, berichteten sie den anderen über Funk, als müsse die *Garpur* nach Island zurückkehren, schließlich waren, abgesehen von den anderen Schäden, auch noch alle technischen Geräte ausgefallen. Doch dann konnten sie fast alles reparieren. Das Erste, was sie hörten, als die Funkanlage wieder lief, war der Notruf von einem ebenfalls nagelneuen dänischen Schiff, das auch vor dem südlichsten Punkt Grönlands unterwegs war. Sie meldeten, dass sie sinken, also nahm die Mannschaft der *Garpur* sofort Kurs auf die Position, von der der Notruf abgesetzt worden war, doch sie brauchten zu lange für die Fahrt dorthin. Als sie und einige andere Schiffe die Unglücksstelle erreichten, trieben dort nur noch ein paar Wrackteile im Nebel. Die Besatzung eines amerikanischen Flugzeugs, das über der Unglücksstelle kreiste, entdeckte einen Rettungsring im Meer.

Wir auf der *Mávur* wollten ursprünglich gemeinsam mit dem Trawler *Póseidon* in Reykjavík auslaufen und die Strecke gemeinsam zurücklegen, doch dann hatten die wieder einmal irgendein technisches Problem und saßen noch einige Tage länger im Hafen von Reykjavík fest.

Nachdem die Männer an Deck der *Mávur* den Flug der Dreizehenmöwen eine Weile bewundert hatten, zogen sie die Handschuhe an und machten sich an die Arbeit. Allen gefror der Atem. Es war nicht nur die Luft, die kalt war, auch das Meer war in diesen Breiten kälter als gedacht. Die meisten haben ja schon in der Grundschule gelernt, dass Wasser bei null Grad Celsius gefriert. Doch hier waren andere Kräfte am Werk, die Wassertemperatur lag bei minus zwei Grad, wegen des Salzgehalts, sagten die, die sich auskannten. Auf jeden Fall war das noch ein Grund mehr, an Deck nicht allzu hastige Schritte zu machen, schon gar nicht auf dem Arbeitsdeck oder auf den Stufen hinauf auf die Back. Erst letzten Winter hatte ein isländischer Trawler nicht weit von hier einen Matrosen verloren. Die See war spiegelglatt gewesen an dem Tag, so dass sie ihn schon nach einer oder zwei Minuten mit einem Haken wieder an Deck ziehen konnten, doch da hatte die Kälte ihn schon getötet, ganz blau sei er da schon gewesen, nahezu steifgefroren, sagte einer hier auf der *Mávur*, der bei dem Unglück dabei gewesen war.

Also dann, an die Schleppnetze. Es gab zwei davon, die zusammengerollt am Schanzkleid der *Mávur* festgezurrt waren, eins an Backbord, eins an Steuerbord, beide waren vollkommen intakt und bereit, auf Befehl des Kapitäns ausgeworfen zu werden, alle Schäden an den grünen Netzen hatten sie bereits auf der letzten Heimfahrt ausgebessert und als sie im Hafen von Reykjavík lagen.

»Klar an Steuerbord«, rief der Kapitän mit ruhiger Stimme aus dem Ruderhaus. Auf dieser Art von Schiffen wurden die Netze an Kurrleinen aus Stahldraht ins Meer gelassen, die über so genannte Galgen liefen, Stahlbügel in der Form eines umgedrehten u – oder eben eines richtig herumstehenden n –, die am Vordeck und hinter dem Ruderhaus an die Bordwand geschweißt waren, einer an Backbord und einer an Steuerbord. Die großen Winden vor dem Ruderhaus wurden ausgelöst und sangen und heulten als sie die Kurrleinen abspulten. Das Schleppnetz ging ins Meer. Die echten Seemänner griffen dann mit der Hand unter ihr Ölzeug, bis sie die Brusttasche ihrer Hemden erreichten, in der die Camel-Schachtel steckte. Sie klopften eine Weiße heraus, fingen sie mit den Lippen auf und zündeten sie an, die Streichholzflamme zwischen den Handflächen geschützt. Sie hielten die Zigarette mit dem Filter nach außen, damit die Glut in der Hand vor Wind geschützt war, und rauchten. Diese ganz besondere Kunst beherrschten nur die erfahrensten Seeleute, insbesondere bei schwerer See, wenn Böen über das Schiff fegten oder wenn sie gerade das Schleppnetz einholten, die Winden mit lautem Heulen die nassen Kurrleinen heraufzogen und Meerwasser quer über das Deck spritzte. Der Kapitän oder der wachhabende Steuermann musste das Schiff bei voller Fahrt genau richtig steuern – nur dann konnte das Schleppnetz so hinabsinken, dass es komplett geöffnet den Meeresboden erreichte. Es war ja letztendlich nichts anderes als ein riesiger Beutel, der am Meeresgrund seinen Rachen öffnen und sich Fisch einverleiben sollte, sobald der Trawler seine Fahrt gedrosselt hatte, denn mit dem Schleppnetz am Meeresgrund, wird das Tempo niedrig gehalten.

Auf der unteren Seite des Schleppnetzes war eine Reihe von so genannten Bobbins, großen Rollen aus Stahl, die auf dem Boden rotierten und das Netz, wie Räder eines Geländewagens, über Unebenheiten hinwegbugsierten. Außerdem schützten sie die Unterseite. Am hintersten Teil des Netzes, am Steert, waren Häute aus Rindsleder befestigt, die das Netz noch zusätzlich vor Felsen oder anderen Unebenheiten auf dem Meeresgrund schützten. Das obere Ende des Schleppnetzes wurde durch ein Kopftau und Auftriebskugeln offengehalten. Doch wenn beim Auswerfen des Schleppnetzes etwas schiefging, drehte das Netz sich falsch herum, sodass das Kopftau unter den Bobbins auf dem Meeresgrund zum Liegen kam und das Netz sich nicht öffnen konnte. Dann war nicht mit Fang zu rechnen, dafür aber mit jeder Menge Schäden am Netz. Erfahrene Seeleute spürten sofort, wenn etwas nicht stimmte, an der Art, wie das Schiff sich bewegt, oder wenn sie die Stahlseile anfassen, die dann anders vibrieren, obwohl zwischen dem Schiff und dem Schleppnetz oft mehr als hundert Meter lagen. Dann blieb ihnen nichts anderes übrig, als das Netz wieder einzuholen, alles zu richten und es abermals auszuwerfen.

Lag das Netz hingegen richtig auf dem Meeresgrund, mussten sie die Kurrleinen zusammenführen, die ja über verschiedene Galgen liefen. Nur dann standen alle Kurrleinen unter der gleichen Spannung, und die Scherbretter an deren Enden richteten sich korrekt aus, ungefähr in demselben Winkel wie flehend gen Himmel gereckte Hände, die Handflächen halb nach vorn, halb einander zugewandt. Dann hielt der Wasserwiderstand bei der richtigen Geschwindigkeit des Schiffes das Schleppnetz ganz automatisch offen, es öffnete sich wie ein breit grinsender Schlund, der seine Beute verhöhnt. Um die Kurrleinen zusammenzuführen, sobald das Netz Grundberührung hatte, wurde an einer gesonderten Winde ein Haken heruntergelassen, der wahrscheinlich Bote heißen würde, wäre nicht ein beträchtlicher Teil der isländischen Trawler-Sprache aus dem Englischen übernommen, sodass wir ihn einfach Messenger nannten. Sobald er alle Kurrleinen fest im Griff hatte, wurde er hinter dem Ruderhaus, unter der Nock, mit einem großen Stahlblock fixiert. Dann fischten wir so viel wie möglich, und wenn wir glaubten, dass wir das volle Netz gerade noch aus dem Wasser bekamen, ohne dass es riss, lösten wir die Fixierung und holten es ein.

Kaum jemand konnte ein Schleppnetz so gut auswerfen wie der Kapitän der *Mávur*, und auch bei allem anderen, was mit der Schleppnetzfischerei zu tun hatte, machte ihm niemand etwas vor. Aber selbst solchen Männern konnte manchmal etwas misslingen. Als der Kapitän nach dem ersten Auswerfen des Schleppnetzes die Fahrt verlangsamte, bemerkte er sofort, dass etwas nicht stimmte. Er ging hinaus an Deck und betrachtete die Kurrleinen, berührte sie vorsichtig, wie eine Hebamme eine gefährdete Patientin, dann befahl er der Mannschaft, das Ölzeug wieder anzuziehen und das Netz einzuholen. Es galt, keine Zeit zu verlieren, auch wenn die Hälfte der Besatzung gerade erst in der Messe ein dampfendes Mittagessen aus Fleischklopsen, Kohl und mit zerlassener Butter übergossenen Kartoffeln serviert bekommen hatte. Alle stürmten hinaus.

Zuerst musste man die Kurrleinen wieder auseinanderkriegen, sie also aus ihrer Fixierung lösen. Dafür gab es einen Bolzen, der die Größe eines mittleren Brecheisens hatte und unter der Nock bereitlag. Dabei musste man Abstand halten, weil die Kurrleinen unter ziemlicher Spannung stehen, wenn sie das Netz ziehen und die Scherbretter gegen die Strömung halten. Die Wahrscheinlichkeit, dass sie stark ausschlagen, ist groß – und wer auch immer sie losmacht, darf nicht zu dicht dran sein, aber auch nicht zu weit weg, denn dann hat er nicht genug Kraft, um mit dem Bolzen zuzuschlagen.

Diese Aufgabe übernahm der Bootsmann. Während er noch an seinem letzten Bissen kaute, war er schon wieder an der Arbeit; nicht einmal Ölzeug hatte er sich angezogen. Er war stark, hart im Nehmen und fürchtete sich vor nichts. Letzte Woche hatte man ihn sternhagelvoll und schimpfend an Bord getragen, wozu drei Männer nötig gewesen waren. Nun ging er zielstrebig den Niedergang hinauf und schnappte sich den erstbesten Schraubenschlüssel, obwohl der eigentlich viel zu klein war – kürzer als sein Unterarm –, und doch brauchte der Bootsmann nur einen Schlag, und der Stahlblock öffnete sich mit einem Knall und die wie Geigensaiten gespannten Kurrleinen schossen hinaus.

Als der Kapitän das sah, wies er den Bootsmann zurecht: »So ein fahrlässiges Verhalten dulde ich an Bord meines Schiffes nicht!"

Der Bootsmann murmelte ein paar entschuldigende Worte und gelobte Besserung, konnte sich aber ein Grinsen nicht verkneifen. Wahrscheinlich hatte er gedacht, der Kapitän würde ihn nicht sehen. Aber er beherrschte sich und sagte dem Kapitän nicht, dass alle an Bord gesehen hatten, dass er ganz genau dasselbe tat, wenn das Netz schnell wieder an Deck musste.

Die Winden arbeiteten eine Weile unter voller Last, dann kam das Schleppnetz aus dem Meer. Einige Kurrleinen hatten sich verheddert und mussten entwirrt werden, und in der Nähe des Kopftaus war ein Riss im Netz, der geflickt werden musste, doch das ging so schnell, dass wir gar nicht erst auf das Backbord-Schleppnetz ausweichen mussten. Im nächsten Moment war schon wieder alles klar, der Befehl zum Auswerfen erklang aufs Neue, und wir auf der *Mávur* holten endlich wertvollen Fisch aus den Tiefen der Neufundlandbank.

Land war nirgendwo in Sicht. Neufundland war ungefähr hundert Seemeilen entfernt, fast zweihundert Kilometer, und andere Schiffe kamen nur selten in Sicht, obwohl das Wetter gut war und man weit in die Ferne sah. Ein oder zwei Trawler glaubten die Männer in der Ferne ausmachen zu können, und dann zeichneten sich ganz hinten am Horizont noch die Umrisse von etwas sehr viel Größerem ab. Der zweite Steuermann, der das Seemannshandbuch in- und auswendig kannte und die ganze isländische Flotte noch dazu, kniff, während er das Netz ausbesserte, die Augen zusammen, blickte durch den Zigarettenrauch in die Ferne und sagte, das sei eins von diesen russischen Fabrikschiffen, die das ganze Fanggebiet leer saugten.

\*

Der Kapitän hatte die Mannschaft mittlerweile trotz der allgemeinen Müdigkeit von Sonntagabend bis in die Nacht hinein draußen an Deck arbeiten lassen, während der Sturm immer stärker wurde. Beim Enteisen des Vorschiffs hatten sie gute Fortschritte erzielt, sodass er nun zumindest denjenigen, die am längsten auf den Beinen waren, eine Ruhepause gönnte. Einer nach dem anderen gingen sie unter Deck, zogen sich das Ölzeug und die Watstiefel aus, setzten sich in die

Messe und bekamen Kaffee, Brote und das, was die Schiffsköche gerade auf dem Herd hatten, anschließend rauchten sie eine Weile. Kaum einer sagte etwas. Alle merkten, dass ihr Trawler sich ganz anders bewegte als sonst. Nachdem die *Mávur* in ein Wellental hineingetaucht war, kam sie nur langsam wieder heraus vor lauter Trägheit, und sie rollte auch viel weniger als für gewöhnlich bei solch einem Wind und Seegang. Hatte die *Mávur* sich nach Backbord geneigt, verharrte sie dort für eine schmerzlich lange Zeit, und kaum hatte sie sich wieder gerade ausgerichtet, bekam sie schon Schlagseite nach Steuerbord und rollte nicht zurück. Sie hörten, wie im Maschinenraum die Pumpen aufheulten. Alle wussten, was das bedeutete: Die Maschinisten pumpten Diesel aus einem Tank in den anderen, von Backbord nach Steuerbord und dann wieder zurück. Wenigstens die Maschine lief ruhig, wie immer, ihr regelmäßiges Stampfen vermittelte ihnen ein Gefühl der Sicherheit – denn gäbe diese große Dieselmaschine den Geist auf, wäre auch ihr Ende nah.

Irgendwann begaben sie sich nach achtern in die Mannschaftskabinen und suchten sich eine freie Koje, doch die meisten zogen sich nicht einmal aus, um jederzeit bereit zu sein. Die Glücklichen unter ihnen schliefen sofort ein, die anderen lauschten noch lange dem Sturm und den Hieben der Männer, die draußen in der Finsternis mit dem Eis kämpften.

Der Kapitän stand im Ruderhaus und hatte das Gefühl, der Sturm würde nachlassen, schließlich hielten solche Stürme normalerweise nicht länger als zwölf Stunden an, und dieser wütete nun schon zwanzig. Er hoffte, dass seine Mannschaft beim Abschlagen des Eises gute Fortschritte machte. Noch immer arbeitete ein gutes Dutzend seiner Männer da draußen, für mehr gab es auch keine Werkzeuge an Bord. Sie brauchten bessere Gerätschaften. Es war eindeutig ein Fehler gewesen, mitten im Winter ohne genügend Eisäxte für die gesamte Besatzung auf eine so weite Fahrt zu gehen. Aber wer hätte auch mit so etwas gerechnet? Der Funker saß in seiner Kabine hinter dem Ruderhaus, von dort hörte man Stimmen, vermischt mit Pfeifen und Rauschen, dann kam der Funker zum Kapitän und dem Matrosen, der gerade am Steuer stand, und berichtete, ein spanischer Trawler habe Mayday gefunkt, sei aber zu weit von ihnen entfernt. Auch ein kanadisches Schiff habe in denselben Gewässern große Probleme mit Vereisung gemeldet. Der Funker hatte daraufhin Verbindung mit seinem Kollegen auf der *Harpa* aufgenommen, die auch schwer mit dem Eis zu kämpfen hatte und Schlagseite meldete, sich aber bisher ganz gut hielt. Der andere Trawler aus Hafnarfjörður, die *Skerpla*, war schon seit gestern auf dem Heimweg, die Laderäume voll mit Fisch.

Auch wir auf der *Mávur* versuchten, dem Unwetter so gut wie möglich zu trotzen. Und da der Sturm aus Nord-Nordwest kam, gab es nur eine Möglichkeit: mit langsamer Fahrt den Kurs im Wind halten, damit die Wellen frontal über das Schiff hinweggingen – wenn eine Welle die *Mávur* von hinten oder von der Seite traf, würde der Trawler wahrscheinlich kentern. Oder gleich sinken. Auf den Notruf des spanischen Trawlers zu reagieren, war unmöglich. Der Kapitän wich dem Maschinentelegrafen nicht von der Seite, damit er jederzeit den Maschinisten befehlen konnte, den Propeller anzuhalten, auszukuppeln oder gar rückwärtszufahren, falls ein besonders großer Brecher aus der Dunkelheit auftauchte. Er wusste, dass alle Maschinisten sich bereithielten, und schickte dennoch nach dem Chefmaschinisten, denn er wollte genau wissen, wie es unten aussah. Der kam hinauf ins Ruderhaus und erstattete Bericht. Alles in Ordnung derzeit, die größte Gefahr sei, dass durch eine zu große Schlagseite so viel Öl aus der Maschine liefe, dass sie zum Stillstand käme, doch eigentlich sei sie ja zuverlässig und funktioniere auch jetzt tadellos, mit ihren fast dreizehnhundert PS. Sie müssten nur tatsächlich die ganze Zeit den Diesel zwischen den Tanks an Backbord und Steuerbord hin- und herpumpen, bei den Süßwassertanks sei das nicht mehr möglich, die seien komplett eingefroren, bis auf einen kleinen, der so dicht an der Maschine stand, dass deren Wärme das Wasser flüssig hielt. Der müsse nun als Trinkwasservorrat, zum Kochen und für Kaffee reichen, und das würde er auch, wenn die Mannschaft nicht plötzlich einen riesigen Durst bekäme. Der Kapitän fragte, ob es irgendwo im Maschinenraum noch etwas gebe, was man als Werkzeug im Kampf gegen das Eis einsetzen könnte. Der Chefmaschinist überlegte und meinte, man könne vielleicht einige von den Ersatzrohren zersägen und mit Metallbolzen verschweißen. Der Kapitän ermahnte ihn, die Werkzeuge dürften nicht zu schwer werden, denn so effektiv die Hiebe von großen Äxten und Vorschlaghämmern auch waren – sie ermüdeten die Mannschaft zu schnell.

Kaum war der Chefmaschinist wieder im Maschinenraum, tauchte ein Brecher vor ihnen auf, der selbst die Topplichter ihres Vordermastes überragte. Der Kapitän konnte den Männern gerade noch zurufen, sie sollten sich festhalten, da stürzte ein regelrechter Wasserfall auf das Schiff nieder und warf es weit nach Backbord, wo es noch lange Zeit blieb, nachdem das Wasser wieder abgeflossen war. Der Kapitän rief den Männern an Deck zu, sie sollten reinkommen, wenn es irgendwie ginge, bei dieser starken Schlagseite sei es draußen zu gefährlich, und als der Steuermann von unten hinauf ins Ruderhaus kam, befahl der Kapitän ihm, alle zu wecken, die in den Kojen waren. Jedes Besatzungsmitglied musste ab jetzt bereitstehen, unabhängig von seinen sonstigen Aufgaben, vorausgesetzt, es war noch nicht zu spät. Sie spürten, wie das Schiff sich noch mehr nach Steuerbord neigte. Sie sahen sich an und wussten: Jetzt brauchte es keinen großen Brecher mehr, um das Schiff zum Kentern zu bringen und ihr Schicksal zu besiegeln.

Der Kapitän wies den Steuermann an, der Mannschaft zu sagen, dass ab jetzt jeder nur noch zwei Stunden Ruhe pro Tag bekam, bis das Schlimmste überstanden war. Das sei schließlich auch die Ruhezeit gewesen, die die Männer bekommen hatten, die jetzt aus den Kojen geholt wurden. Sie hörten das Heulen in den Treibstoffpumpen, während die Maschinisten versuchten, möglichst viel Gewicht nach Steuerbord zu verlagern, dann spürten sie, wie das Schiff sich endlich langsam aufrichtete.

Als der Steuermann hinuntergelaufen kam und dem Bootsmann befehlen wollte, die gesamte Besatzung aufzuwecken, stellte er fest, dass alle Männer schon längst auf den Beinen waren – nur der zweite Steuermann lag in seiner Koje und rührte sich nicht, egal wie oft man nach ihm rief. Der erste Steuermann rüttelte ihn und dachte schon, er habe einen Herzinfarkt bekommen, doch dann stellte sich heraus, dass der zweite Steuermann bei vollem Bewusstsein war, denn er sagte: »Wenn wir schon untergehen, kann ich auch gleich hier liegen bleiben. Ich fahre schon lange zur See und habe so etwas noch nicht erlebt. Das ist der sichere Tod.«

»Nun steh um Gottes Willen auf«, sagte der erste Steuermann, »sowas darfst du nicht einmal denken.« Dann eilte er zurück auf die Brücke.

Dort stand inzwischen der zweite Maschinist und sah mit dem Kapitän auf das Bootsdeck hinaus. Auch das Rettungsboot an ihrer Backbordseite war wieder vollkommen vereist, außerdem war es mit Wasser vollgelaufen, das wahrscheinlich auch bereits zum größten Teil gefroren war. Es würde ihnen nichts mehr nützen, ganz im Gegenteil – in diesem Zustand wog es Dutzende Tonnen und verstärkte nur die Schlagseite des Schiffes. Sie sollten es loswerden. Doch dafür brauchte es Freiwillige, Männer mit Erfahrung, Ausdauer und guten Nerven, schließlich war das Bootsdeck eine einzige Eispiste mit nur wenigen Möglichkeiten, sich festzuhalten, was die ganze Sache gefährlich werden ließ, sobald das tonnenschwere Rettungsboot von den Davits losgemacht war – denn wenn es dann wohlmöglich unkontrolliert an Deck herumrutschte, war man besser nicht in seiner Nähe.

Plötzlich stand der zweite Steuermann im Ruderhaus, der gerade eben noch seine Koje nicht verlassen wollte. Nachdem er mitbekommen hatte, was sie über das Rettungsboot sagten, mischte er sich ein.

»Worauf warten wir noch?«, fragte er mit düsterer Miene und bot an, das Rettungsboot loszumachen. Zwei Matrosen meldeten sich freiwillig, um ihm zu helfen.

»Musst du selbst wissen«, sagte er zu dem, der zuerst vorgetreten war.

Der jüngste Matrose an Bord, Lárus mit seinen achtzehn Jahren, wollte ebenfalls dabei sein, aber der zweite Steuermann hielt das für keine gute Idee, da so viele eh nicht gleichzeitig an das Rettungsboot herankamen. »Wenn das schiefgeht, reicht es, wenn wir drei draufgehen«, sagte er.

Der Kapitän versuchte, das Schiff so stabil wie möglich zu halten, während die drei Männer sich hinaus auf das Bootsdeck wagten und als Erstes das Eis von den Teilen der Reling abschlugen, an denen sie vielleicht Halt finden würden. So arbeiteten sie sich bis zu dem Rettungsboot vor, klopften als Nächstes das Eis von den Davits ab, an denen es aufgehängt war, und schlugen dann mit den Äxten so lange auf die Seilbremsen ein, bis sie sich lösten. Das Rettungsboot glitt aus seiner Aufhängung und ging über Bord. Im Schein der Schiffsbeleuchtung sahen sie, dass es mit dem Kiel nach unten aufgekommen war, doch schon im nächsten Augenblick ragte nur noch ein kleiner Teil aus dem Meer, dann verschwand es in der schwarzen Nacht. Das Schiff richtete sich sofort merklich auf. Lárus wirkte besonders erleichtert, so sonderbar das auch klingen mochte, angesichts der Tatsache, dass er gerade mitangesehen hatte, wie eines der Boote, die ihnen im Notfall das Leben retten sollten, im Meer verschwunden war.

*

Als Lárus vor etwas mehr als einer Woche, am 29. Januar, in den Reykjavíker Hafen kam, war er gespannt und voll freudiger Erwartung gewesen – seine Mutter hingegen, die ihn zusammen mit dem Vater begleitete, machte sich Sorgen und sagte, sie habe in letzter Zeit furchtbar geträumt. Seine Eltern hatten ihn im Willys Jeep der Familie in den Hafen gebracht, und sein Vater saß ziemlich stolz am Steuer, denn sein Sohn brach bereits zu seiner dritten Trawler-Tour auf, und man sagte jetzt schon über ihn, er sei fleißig und mit großem Einsatz dabei. Das hatte der Vater von den Dockarbeitern gehört, die alle Geschichten rund um den Hafen mitbekamen. Seine letzte Tour hatte der junge Lárus auf einem anderen, schlechter ausgestatteten Trawler absolviert, auch da waren sie in ein weit entferntes Seegebiet gefahren, bis ganz in die Barentssee, weit über den Polarkreis hinaus.

»Wir sind fast am Nordpol!«, hatte einer seiner Kameraden gesagt, und da sie mitten im Winter unterwegs gewesen waren, hatten sie die ganze Fahrt über nicht das kleinste bisschen Tageslicht gesehen. Den ganzen Tag lang herrschte stockfinstere Nacht, bis auf die wenigen Momente, an denen der Himmel aufriss und man den Mond und die Sterne sah oder gelegentlich auch das Spiel eines Nordlichts. Doch das passierte nicht oft und hielt nie lang an, da es meist neblig war und der Seegang hoch und der Fang nicht gut, sodass für einen einfachen Matrosen wie Lárus kaum mehr dabei heraussprang als der von der Reederei garantierte Mindestlohn. Aber dieses Mal, auf der *Mávur*, sollte es nach Neufundland gehen! Lárus hatte die tollsten Geschichten gehört von langen, ruhigen Hin- und Rückfahrten in die Fischgründe, unterbrochen von intensiven Fangperioden mit unglaublichem Ertrag, jede Menge Rotbarsch, der sich in England und Deutschland teuer verkaufen ließ, vielleicht würden sie den Fang sogar selbst dorthin bringen, das wäre ein Spaß – ganz abgesehen von der fetten Lohnzulage, die ihm das einbringen würde. Sowohl seine Mutter als auch sein kleiner Bruder waren kränklich, wie würden die sich freuen, wenn er nach einer ertragreichen Tour mit einem Haufen Geld nach Hause kam!

Der Trawler lag an der Landungsbrücke, *Mávur RE 335* stand vorn am Bug. Nachdem sie aus dem Jeep gestiegen waren, wies Lárus seine Mutter darauf hin, was die *Mávur* doch für ein schönes, solides Schiff sei, eine Festung aus Stahl, mehr als siebenhundert Tonnen schwer. Schon der Bug mit seinem an einen Walrücken erinnernden Aufbau, den die Seeleute die Back nannten, war eine Sehenswürdigkeit, ebenso wie das Arbeitsdeck, auf das der Fang gekippt und dann von der Besatzung in den Laderäumen verstaut wurde. Dann die Aufbauten mittschiffs, mit dem alles überragenden Ruderhaus und der zum Bug ausgerichteten Fensterfront, dahinter die etwas niedrigere Messe und die Mannschaftskabinen, auf deren Dach das Bootsdeck war, mit den beiden großen Rettungsbooten, auf jeder Seite eines, in Halterungen aus bestem Stahl, den sogenannten Davits.

Der Vater von Lárus war viel zur See gefahren, auf Heringsfang. An seinen Willys Jeep gelehnt, bemerkte auch er sofort, wie robust und eindrucksvoll die Rettungsboote der *Mávur* waren, wie es auf vielen modernen Schiffen mittlerweile üblich war. Sollte sich die Gelegenheit bieten, könnte man sie sogar zum Heringsfang einsetzen, um ein Ringwadennetz um einen Schwarm zu legen.

»Die haben ja sogar einen Motor«, sagte Lárus' Vater stolz. Er interessierte sich brennend für alles, was mit dem Meer und der Seefahrt zu tun hatte. Sonntagsausflüge führten die Familie meist an den Hafen, wo sie sich die Schiffe und Boote ansahen und überlegten, woher dieser Kahn wohl komme und was jener wohl gefangen habe, und falls sich Seeleute in ihrer Nähe aufhielten, wurde jedes Detail in epischer Breite analysiert.

Vor zwei Wochen hatte die Familie, als Teil einer riesigen Menschentraube, an nahezu derselben Stelle im Hafen die Gelegenheit gehabt, das prächtigste Schiff der dänischen Flotte zu bestaunen, die speziell für Grönland-Fahrten gebaute *Hans Hedtoft*, funkelnagelneu und erst einige Wochen zuvor getauft, bereit zum Ablegen für ihre erste Fahrt nach Grönland. Mit ihren 2800 Tonnen war der Rumpf der *Hans Hedtoft* speziell für Fahrten in den arktischen Gewässern verstärkt und konnte sowohl Passagiere als auch Fracht befördern. Endlich gab es ein Schiff, das

Grönland das ganze Jahr über anlaufen konnte. Sie hatte sogar Kanonen an Bord.

»Die überlassen nichts dem Zufall!«, hatte Lárus' Vater anerkennend gesagt. Wenig später war die *Hans Hedtoft* ausgelaufen und hatte Kurs auf die Südspitze von Grönland genommen, den gleichen Kurs, den die *Mávur* später an diesem Abend nehmen sollte, als die Familie wieder bewundernd vor einem Schiff am Hafen von Reykjavík stand. Um zwanzig Uhr würden sie ablegen, hatte es heute Mittag nach den Nachrichten im Radio geheißen. Sie hörten die schnellen Schläge des Dieselgenerators, der das Schiff vibrieren ließ, die Frachtluken waren voll mit Eis, alle Diesel-, Öl- und Süßwassertanks gefüllt, und auch der Proviant war verstaut, Hammel- und Schweinehälften, Kartoffelsäcke, fässerweise Pökelfleisch, Kaffee, Brot, Aufschnitt, Milchflaschen, Hafermehl, Reis, Speckschwarten…

Alle Lichter auf der *Mávur* brannten. Nach und nach fanden sich die Besatzungsmitglieder ein. Einige waren betrunken, hielten ihren Seesack in der linken Hand und schwenkten grölend eine Flasche mit der zuverlässigeren Rechten. Lárus warf seiner Mutter einen Blick zu. Er wusste, dass sie den Anblick nicht gut verkraften würde, wie ein Betrunkener nach dem anderen an Bord des Schiffes ging, das für die nächsten Wochen das Zuhause und Rettungsboot ihres Sohnes sein würde, auf der Fahrt in ein kaltes, weit entferntes Seegebiet. Sie war an diesem Morgen mit einem ziemlich mulmigen Gefühl aufgewacht und hatte versucht, ihrem Jungen die Trawler-Fahrt auszureden, doch Lárus hatte bereits auf der *Mávur* angeheuert und wollte auf keinen Fall den Ruf abbekommen, unzuverlässig zu sein und sein Wort nicht zu halten. Außerdem hatte sein Vater gesagt, die Neufundlandbank sei bekannt für wenig Seegang und ruhiges Wetter, und darüber hinaus wären die Laderäume des Trawlers bereits nach wenigen Tagen randvoll mit Fisch und alle Mann schon wieder auf dem Heimweg.

Obwohl ihr nichts Gutes schwante, hatten Vater und Sohn die Mutter überredet, aus dem Auto auszusteigen, und als sie nun vor diesem soliden Schiff mit dem modernen Dieselantrieb standen, mit dem Lárus auslaufen sollte, sagte die Mutter nichts mehr, küsste nur ihren Jungen, umarmte ihn und sagte, Gott und das Schicksal mögen mit ihm sein. Ihre unguten Vorahnungen erwähnte sie nicht mehr, da es falsch gewesen wäre, kurz vor einer so langen Fahrt Unheil vorherzusagen. Sie kannte sich aus mit der Seefahrt und ihren Gefahren. Sie selbst war nie zur See gefahren, hatte aber ihren eigenen Vater an das Meer verloren, ebenso ihren Bruder und ihren Großvater. Die Seefahrt war in Island so gefährlich wie in anderen Ländern das Soldatenleben in Kriegszeiten.

*

Nach ungefähr einwöchiger Fahrt hatten wir auf der *Mávur* das Fanggebiet vor Neufundland erreicht. Anfangs lief es nicht besonders gut. Beim ersten Mal wurde, wie gesagt, das Schleppnetz nicht richtig ausgeworfen. Beim zweiten Auswerfen öffnete das Netz sich zwar am Meeresgrund wie geplant, doch als wir es wieder einholten, war es vollkommen zerfetzt. Vermutlich war es zu voll gewesen, und das nach nur fünfzehn Minuten da unten. Wir wechselten die Seite und warfen das Backbord-Netz aus, während die sogenannten Netzmänner das zerrissene Steuerbord-Netz flickten. Als noch unerfahrener Matrose musste Lárus Garn auf die breiten Netznadeln wickeln, was keine leichte Aufgabe war, da die Netzmänner in einem ziemlichen Tempo arbeiteten. Lárus sah voller Bewunderung zu, wie sie mit bloßen Händen das vom Wasser schwere Netz in Windeseile flickten, und fragte sich, woher sie nur wussten, wo oben und unten, vorne und hinten war. Es waren dieselben Männer, die vor wenigen Tagen völlig besoffen und kaum noch bei Bewusstsein gewesen waren, mit blutunterlaufenen Augen und geplatzten Adern im Gesicht. Und doch wussten sie jetzt ganz genau, wie viele Maschen hier gebraucht wurden, wie viele Knoten da, und entdeckten jeden Riss, war er auch noch so klein.

Die Koje, in der Lárus jetzt schlief, hatte ganz offensichtlich vorher einem Netzmann gehört, denn über seinem Kopf, an der Unterseite der Koje über ihm, hing das große Schaubild eines Schleppnetzes, in dem alle Teile genau bezeichnet waren: Vornetz, Tunnel, Belly, Steert, Codleine, dazu eine Grafik mit der genauen Anzahl der benötigten Maschen und Knoten. Lárus prägte sich das mit aller Macht ein, denn auch er wollte einmal ein richtiger Netzmann sein, einer dieser Zauberer, die immer wussten, was sie zu tun hatten, auch wenn das Netz als verhedderter, klatschnasser und überall mit Muscheln besetzter Haufen vor ihnen lag. Als erfahrener Netzmann wüsste er eines Tages ganz genau, wo er anfangen muss, und würde immer erkennen, was genau was ist, selbst im Dunkeln, bei schwerer See und im Schneesturm. Er sähe sofort, wie viele Knoten hier oder da gebraucht würden, und am Schluss würde er mit einem Messer den Rest des Garns abtrennen, der noch auf seiner Nadel war, das Netz auf das Deck fallen lassen und rufen: »Netz wieder klar.«

Diese Flauten im Fischfang stellten die Geduld aller auf die Probe. Kraftausdrücke flogen hin und her, sie schimpften über das Schleppnetz, die See und das kalte Wetter, obwohl es kaum vier, fünf Grad unter Null waren, die Luft war kaum kälter als das Meer, doch vielleicht wurde den Männern beim Fluchen ein bisschen wärmer. Im Ruderhaus hingegen war es warm. Dort hielten der Kapitän oder der diensthabende Steuermann Wache, sie fluchten nie, sondern gaben einfach mit ernstem Blick ihre Befehle und machten dazu vielleicht noch eine entsprechende Geste: sinken lassen, hochziehen, auswerfen, Seite wechseln.

Dann lief es langsam besser, um nicht zu sagen, sensationell gut. Wir fischten nur zehn oder zwölf Minuten, und wenn wir das Netz dann einholten, schoss es förmlich nach oben, als wäre es voller Luft. Und das war es ja eigentlich auch, denn in den roten Fischen, die es aus einer Tiefe holte, in der natürlich ein viel höherer Wasserdruck herrschte, dehnte sich die Luft aus, sodass sie aufquollen und ihnen die rosafarbenen Schwimmblasen aus den Mäulern quollen, als würden die Rotbarsche Ballons aufpusten oder Blasen mit einem Bazooka-Kaugummi machen.

Wie jeder weiß, sind Rotbarsche knallrot, nicht hellgrau, bläulich oder gelblich oder was es sonst für trübe Farben gibt, mit denen andere Fische sich begnügen müssen. Rotbarsche sind zudem nicht ungefährlich. Ihre Rückenflossen sind so hart und scharf, dass sie ohne Probleme durch jeden Gummihandschuh stechen konnten und sogar durch die dicksten Gummistiefel. Allerdings muss man Rotbarsche auch nicht groß bearbeiten, wir nahmen sie nicht aus, sie kamen nur ins Becken, wurden dort gewaschen, dann holten wir sie mit Fischhaken heraus und warfen sie in Körbe, die direkt in den Laderaum ausgeleert wurden, meist auf Rutschen, die direkt in den Teilbereich führten, der gerade befüllt werden sollte. Unten nahm ein Teil der Besatzung den Fang entgegen, lagerte ihn ein und vermischte ihn mit einer ausreichenden Menge an Eis, das vor dem Ablegen in die Laderäume gefüllt worden war. Das Eis lag dort in Haufen, die natürlich inzwischen zu Klumpen zusammengefroren waren, sodass ein Matrose es wieder in Stücke hackte, während andere eine Lage Fisch in die Pferche schaufelten und wieder andere eine Lage Eis. Wenn ein Teilbereich voll war, wurde er mit Brettern verschlossen, wobei es schwer war, ihn ganz zu füllen, weil man die letzten Lagen weit über seinen Kopf heben musste, aber was nützte es schon, sich zu beschweren? Dann schon eher den verdammten Rotbarsch verfluchen, wenn einen doch mal eine Rückenflosse erwischte, jeder Fluch begleitet von einer gefrorenen Atemwolke.

Wenn sie gerade nicht viel fingen oder wenn die Menge eher durchschnittlich war, gingen die Matrosen, die für den Laderaum zuständig waren, unter Deck, schaufelten eine Ladung Eis auf den letzten Fang und waren dann erst einmal fertig, obwohl vielleicht noch ein Teil des Schleppnetzes im Wasser war. Sie hatten dann Zeit, das Ölzeug und die Stiefel auszuziehen, und setzten sich in die warme Messe und ruhten sich aus, ließen bei einem Kaffee und ein paar Zigaretten ihren Gedanken freien Lauf, diskutierten das große Weltgeschehen oder hörten den Grübeleien ihrer Kameraden zu. Nur jetzt kam so eine Pause nicht infrage, denn schon nach kürzester Zeit war das Schleppnetz wieder oben und wieder übervoll. Da konnten die Männer, während sie in der Gischt standen, die die heulende Winde verspritzte, nur schnell mit einer Hand unter das Ölzeug fahren, eine filterlose Zigarette aus der Brusttasche holen und versuchen, ein Streichholz anzuzünden, obwohl die Schachteln schon feucht waren. Eng gedrängt standen sie dann bei dem, der als Erster eine Flamme zwischen seinen Handflächen barg.

Der Fang wurde in Teilen an Bord gebracht. Den Inhalt eines randvollen Schleppnetzes in einem Schwung an Deck zu kippen, hätte das Schiff zum Kentern gebracht, ganz abgesehen davon, dass die Winden gar nicht die nötige Kraft gehabt hätten, und die Kurrleinen hätten es auch nicht ausgehalten. Der unterste – oder innerste – Teil des Netzes, der sogenannte Steert, wurde mit einem Seil hochgezogen, dann schlang man ein Stropp darum, ein kurzes Tau mit einer Schlinge, an der ein Haken befestigt wurde, der wiederum mit einem Stahlseil verbunden war, das über einen Baum lief, der weit über die Bordkante hinaus schwingen konnte und dann wieder zurück über das Arbeitsdeck. Ganz unten wurde der Steert mit einem Knoten verschlossen, der Ähnlichkeit mit den Knoten hatte, mit denen man Verurteilte in einem Western am Galgen aufknüpfte, mit dem Unterschied, dass man diesen Knoten hier mit einem beherzten Zug lösen konnte. Das war die Aufgabe des Steertmanns. Er lief unter das Ende des Schleppnetzes, das über dem Deck baumelte – natürlich mit einem Südwester, denn aus dem Netz schoss das Wasser, vermischt mit Fischeingeweiden, nur so heraus. Er zog daran und sprang schnell zur Seite, während die Fische auf das Deck prasselten.

Der neue Fang fiel auf den Rest des vorherigen, falls der noch nicht ganz im Laderaum gelandet war, sodass das Arbeitsdeck sich bis an den Rand des Schanzkleides füllte. Wenn es so gut lief, brauchten sie jeden verfügbaren Mann, damit möglichst viel Fisch in den Laderaum kam, bevor das Netz abermals aus dem Meer auftauchte – was nicht immer zu schaffen war. Die Matrosen im Laderaum gerieten ins Schwitzen, um diese enormen Mengen zu bewältigen. Sie schaufelten, hackten Eis, mussten sich ständig bücken, einige arbeiteten nur noch im Hemd, auch wenn es dort unten richtig kalt war.

Auf solchen Trawlern arbeitete man normalerweise sechs Stunden und bekam anschließend sechs Stunden in der Koje. Die eine Hälfte der Besatzung übernahm die Nachtwache und den Nachmittag, die andere Hälfte die Morgen- und Abendwache. Aber wenn es darum ging, einen so großen Fang einzubringen, wie hier beschrieben, galt das nicht mehr. Dann bekam die ganze Mannschaft nur noch sechs Stunden pro Tag, um sich zu waschen, zu essen, zu schlafen, aber niemand beschwerte sich darüber. Die älteren Männer der Fischereiflotte gaben dann gern Sprüche zum Besten wie: »Schlafen kann man auch noch nach der Frühjahrstour«, andere erwiderten darauf: »Oder wenn man tot ist.«

Denn natürlich war jedem klar, dass das normale Zweiwach-System nur außer Kraft gesetzt war, wenn sie sehr viel fingen, was wiederum bedeutete, dass sie umso schneller mit randvollem Laderaum den Heimathafen ansteuern konnten und sie auf dieser Fahrt, die eine Woche dauerte, ausreichend Zeit hätten, um sich zu erholen.

So war der Lauf der Dinge. Am Dienstag war alles schiefgegangen, was schiefgehen konnte, das Netz verdreht und dann kaputt, am Mittwoch hingegen lief es so gut, dass die Mannschaft den Fang gar nicht so schnell verstauen konnte, wie er an Bord kam, und dabei blieb es in dieser Nacht und am Tag darauf und auch in der folgenden Nacht. Dann kam Freitag, der sechste Februar, und auch dieser Tag brachte einen geradezu sagenhaften Ertrag. Das Wetter war ruhig, genau wie die See. Die Fernsicht war so gut, dass sie gleich mehrere andere Schiffe im Blick hatten, da die *Harpa*, da die *Garpur*, auch die *Póseidon* musste hier inzwischen irgendwo sein, dazu noch die Westdeutschen, Briten, Kanadier und Russen, die auch tonnenweise Rotbarsch aus dem Meer holten, manchmal von ihm gestochen wurden und Wunden davontrugen, die sich nicht selten entzündeten.

Im Laufe des Freitags ahnte der Kapitän der *Mávur*, dass ihre Arbeit hier bald getan wäre – wohl noch in dieser Nacht würden alle Frachtluken gefüllt sein, mit Eis und Fisch. Bei Tagesanbruch am Samstag befahl er, die Netze nicht mehr auszuwerfen. Ab jetzt mussten sie nur noch den Rest des Fangs verstauen und das Schiff wieder seefertig machen, dann ging es nach Hause.

Als der Kapitän an diesem Sonnabendmorgen, dem siebten Februar – dem Tag, an dem der

Sturm losbrach –, im Ruderhaus stand, war ihm eines klar: Sie durften keine Zeit verlieren, denn das Unwetter kündigte sich bereits an. Der kanadische Wetterdienst hatte eine Sturmwarnung für die Neufundlandbank und die umgebenden Seegebiete ausgegeben, wobei Winterstürme in diesen Gewässern mit starkem Seegang einhergingen. Eigentlich ahnte man bei einem Blick nach draußen sofort, dass sich etwas zusammenbraute: Von den Möwen, die bisher an jedem Morgen über ihre Köpfe hinweg hinaus aufs Meer geflogen waren, war keine zu sehen. Auf der Oberfläche des Meeres waren zwar bislang kaum Wellen, und doch spürten alle, wie eine wachsende Unterströmung die *Mávur* immer stärker hob und senkte, trotz der vierhundert Tonnen Fracht in ihrem Bauch. Außerdem wurde es einfach nicht hell, sondern blieb sonderbar düster, mit einem tristen bleiernen Himmel, obwohl kaum Wolken zu sehen waren. Das Barometer war im freien Fall. Als die Nadel schon alarmierend niedrig stand, klopfte der Kapitän gegen das Glas des Barometers, und sie fiel weiter, bis sie mehr oder weniger direkt nach unten zeigte, dorthin wo ein einziges englisches Wort stand: *Storm*.

Nur war das Deck noch immer voller Fisch,

den die Mannschaft mit vollem Einsatz so schnell wie möglich zu verstauen suchte, denn bevor diese Aufgabe nicht erledigt war, würde es keine Ruhepause geben, für niemanden. Beide Schleppnetze lagen noch an Deck, die Scherbretter hingen noch außenbords. Der Kapitän befahl, sie einzuholen und alles festzumachen, doch um die Netze richtig zu verstauen, fehlte ihnen die Zeit. Also machte der Bootsmann sich mit einigen Matrosen daran, die Netze einfach unter der Back mit Ketten zu fixieren. Die Stahlseile wurden eingeholt und die Winden mit Schlössern fixiert – sollte es wirklich ein Unwetter geben, war es besonders wichtig, dass sich kein Stahlseil löste und in die Ruderanlage oder in den Propeller geriet.

\*

Nachdem der junge Lárus sich von seinen Eltern verabschiedet und ihnen hinterhergewinkt hatte, als sie in ihrem Willys Jeep davonfuhren, ging er über die Gangway an Bord der *Mávur* und meldete sich im Ruderhaus. Der erste Steuermann sagte ihm, die Mannschaft werde nach und nach eintreffen, bald sei alles zum Auslaufen klar. Lárus solle sich schon mal eine Koje im

Mannschaftsdeck unter der Back suchen, danach müsste achtern in der Messe der Kaffee fertig sein. Lárus ging mit seinem Seesack über das Vorderdeck, öffnete eine Eisentür, dann noch eine und erreichte eine Treppe. Unten befanden sich zwei Kabinen, aus denen lautes Stimmengewirr kam, lallendes Gerede und Tabakrauch. Lárus überlegte, ob er sich dort hineintrauen solle. Dann entdeckte er weiter in Richtung Bug noch ein paar Stufen, die ihn zu einer weiteren Kabine führten. Sie war leer, bis auf ein paar zerschlissene Seesäcke in zwei oder drei Kojen und eine Decke in einer anderen. Lárus fand einen freien Schlafplatz in der oberen Reihe und musste nur ein paar Sachen zur Seite schieben, um seine eigenen Sachen zu verstauen. Laute, betrunkene Stimmen drangen von oben hierher, begleitet von dem Quietschen, wenn sich der Rumpf des Schiffes an den Autoreifen rieb, die als Fender an der Quai-Mauer hingen.

Er ging nach achtern in die Messe und traf auf einen Küchenjungen in seinem Alter. Sie machten sich bekannt, Lárus bekam Kaffee und ein Käsebrot. Wenig später schaute der Steuermann vorbei, den Lárus bereits aus dem Ruderhaus kannte, und sagte, gerade würde noch der letzte Mann an

Bord gebracht werden, dann gehe es los. Er befahl Lárus, auf der Back mit den Festmacherleinen zu helfen. Danach könne er sich ausruhen, solle sich aber bereithalten, falls man ihn zur Ruderwache riefe. Dann fügte er hinzu: »Du bist doch nüchtern, oder?«

In diesem Moment wurde das Dröhnen der Maschinen lauter, also nickte Lárus einfach nur und ging über das Deck zur Back, wo bereits ein anderer Matrose stand. Gemeinsam sahen sie zu, wie zwei Männer einen dritten an Bord schleppten, einen großen, kräftigen volltrunkenen Mann, der um sich schlug und seine beiden Träger anschrie, dieser Scheißkahn könne sich zum Teufel scheren und sie am besten gleich mit. Der Steuermann kam und half den beiden, den großen Mann über die Gangway zu bugsieren, dann verschwanden sie mit ihm unter der Back. Lárus hatte das Gesicht des Mannes nicht deutlich gesehen, doch irgendwie kam er ihm bekannt vor. Sie hörten noch, wie der Betrunkene in gewaltiges Gelächter ausbrach, dann schlug eine Stahltür zu, und er hörte kaum noch etwas.

Hafenarbeiter lösten die Festmacherleinen von den Pollern, Lárus und der andere Matrose zogen sie an Bord, der Propeller ließ das Wasser an den Schiffsseiten schäumen, der Bug tauchte aus dem Wasser auf und wies immer weiter weg vom Hafenquai, immer mehr in Richtung Bucht, bis schließlich auch die Achterleine losgemacht wurde und die *Mávur* Kurs nahm auf die Hafenausfahrt mit den blinkenden Leuchttürmen zu beiden Seiten. In der Bucht blinkten Bojen, sie passierten einen Frachter, zwei Trawler, dann verschwanden die Lichter von Reykjavík in der Ferne – sie waren unterwegs, ihre lange Fahrt in Richtung Nordamerika hatte begonnen.

Als Lárus wieder in seine Kajüte kam, war er dort nicht mehr allein. Der bärenstarke Mann, den sie kaum an Bord bekommen hatten, lag vollständig bekleidet in einer Koje. Jetzt erkannte Lárus ihn sofort: Es war der Bootsmann von der Fangfahrt, die Lárus vor Weihnachten auf dem anderen Trawler gemacht hatte, der Fahrt ins dunkle Polarmeer.

Lárus kroch in seine Koje. Die Bewegungen des Schiffs wurden mehr, je weiter es den Hafen hinter sich ließ, der Bug hob und senkte sich, und obwohl sie ganz vorn lagen und die Maschine sich weit entfernt im Heck befand, war das Dröhnen der Diesel nicht nur zu hören, sondern auch zu spüren, alle Wände, alle Böden und Planken vibrierten. Von oben drangen weiterhin laute Stimmen und das Klirren von Flaschen zu ihnen, inzwischen jedoch vermischt mit lautem Schnarchen und müdem Gemurmel. Mit diesen Geräuschen im Ohr schlief Lárus ein. Er wusste nicht, wie lange er geschlafen hatte, als ihn ein lautes Scheppern aus dem Schlaf riss. Es war direkt neben seinem Ohr. Ihm war flau im Magen. Ihm wurde zum ersten Mal bewusst, wie es hier unten roch, unreine Matratzen, getragene Kleidung, Schimmel, vermischt mit dem Geruch von Fisch und Teer und Tabakrauch. Der Geruch setzte sich fest in der Nase und im Hals, ihm wurde schwindelig davon. Er schwitzte unter der dicken Decke, und doch hatte er das Gefühl, ihm wäre kalt. Eigentlich wurde er nicht leicht seekrank, doch das Schiff stampfte nun immer mehr, er sauste hoch wie in einem rasend schnellen Lift, dann war es, als würde ihm der Boden unter den Füßen – oder vielmehr unter seinem Rücken – weggezogen, als wären er und das Schiff in freiem Fall, der wenig später mit einem lautem Platschen endete, und dann war da abermals dieser ohrenbetäubende scheppernde Lärm, als wäre der Bug des Schiffes, in dem er ja lag, mit voller Fahrt auf etwas sehr Hartes aufgelaufen.

Doch die Schiffsbewegungen änderten sich nicht, es stieg in die Luft und fiel, und bei jedem tiefen Fall ertönte wieder dieses furchtbare Scheppern, als würde jemand mit einem riesigen Vorschlaghammer, vielleicht mit dem von Thor höchstpersönlich, am Bug direkt neben Lárus' Ohr auf den stählernen Rumpf einschlagen. Er dachte nach. Und je länger er nachdachte, desto überzeugter war er davon, dass etwas Schlimmes passiert war, dass etwas ganz und gar nicht stimmte, dass er bald die Schreie seiner Kameraden hören würde, während sie panisch an Deck herumliefen und die Rettungsboote klarmachten, da das Schiff garantiert in echten Schwierigkeiten war und kurz vor dem Untergang stand. Doch niemand lief panisch herum. Niemand schrie, er hörte überhaupt nichts von den anderen Matrosen, abgesehen von einem gelegentlichen Lallen aus der Kabine darüber – aber was wussten die denn schon? Sie waren ohnehin zu besoffen, um sich für so etwas Banales wie das sinkende Schiff unter ihren Hintern zu interessieren. Dasselbe galt für die schnarchende Schnapsleiche in der Koje ihm gegenüber. Erneut flog der Bug in die Luft und dann hart nach Backbord, auf die Seite, auf der der junge Lárus lag, und als das Schiff auf dem Wasser aufprallte, schepperte es so laut wie nie zuvor. Voller Entsetzen sprang Lárus auf, zog Gummistiefel, einen Pullover und eine Hose an, eilte aus der Kabine, riss die Stahltür auf, die zum Deck führte und sah hinaus.

Bis auf einen kleinen Lichtschimmer waren die Fenster des Ruderhauses größtenteils dunkel, aber die Seitenlichter leuchteten das Kielwasser des Schiffs seitlich der beiden Schandecks hell aus. Das Wasser schoss regelrecht über das Deck, während sich der Trawler durch die Wellen kämpfte. Lárus entspannte sich, schloss die Stahltür hinter sich und ging vorsichtig über das Deck bis zu dem Niedergang unter der Nock und von dort aus hoch zum Ruderhaus, wo er den in eine Pfeifenrauchwolke gehüllten Steuermann antraf und einen Matrosen, der mit einer halb gerauchten Zigarette im Mundwinkel am Steuer stand. Beide blickten auf, als sie Lárus bemerkten, wirkten aber nicht unfreundlich, vielleicht freuten sie sich auch darüber, dass jemand ihnen in dieser langen Nacht im Ruderhaus Gesellschaft leisten wollte. Lárus wusste, dass sie dennoch auf eine Erklärung für sein unerwartetes Auftauchen warteten. Er bemühte sich, möglichst ruhig zu wirken, als er fragte, wo sie inzwischen seien, merkte aber sofort, dass seine Stimme schwach und verängstigt klang. Der Steuermann fragte, ob es ihm nicht gut gehe, ob er nicht schlafen könne, der Matrose am Steuer warf ihm einen mitleidigen Blick zu und blies Zigarettenrauch in seine Richtung, sodass Lárus sich räuspern musste, bevor er sagen konnte, dass alles in Ordnung sei, da sei nur dieses laute Scheppern im Bug, direkt an seinem Ohr, als würden sie dauernd irgendwelche Tonnen rammen. Der Steuermann sah den Matrosen an, dann grinsten sie beide. Der Steuermann sagte, er hoffe, sie hätten zumindest noch ein paar Tonnen heil gelassen. In Wirklichkeit sei es so, dass sie vor Reykjanes gegen starke Strömung und ziemlichen Seegang ankämpften, und wenn das Schiff aus größerer Höhe auf dem Wasser aufschlug als sonst, verrutschte der Anker auf der Backbordseite und prallte gegen den Rumpf. Das sei schon immer so gewesen. Lárus bemühte sich, so zu klingen, als hätte ihm das ohnehin überhaupt keine Sorgen bereitet, musste dann aber doch fragen – und versuchte dies so beiläufig wie möglich zu tun –, ob man das nicht reparieren könne? Möglich sei das sicher, antwortete der Steuermann, die Frage sei nur, ob das irgendwann auch mal passierte, schließlich seien die Schiffseigner nicht gerade dafür bekannt, alles stehen und liegen zu lassen, nur weil ihre Besatzung sich von etwas gestört fühlte. Die Männer auf der *Eyfirðingur*, die auch auf dem Weg auf die Neufundlandbank war, hatten sich lange darüber beschwert, dass überall auf ihrem Schiff Wasser stand; das Schiff habe sogar den Spitznamen »Badewanne« bekommen, weil der Bug so tief in die Wellen eintauchte, dass es wirklich überall nass war. Doch unternommen wurde nichts, bis eines Tages jemand durch Zufall entdeckte, dass der vordere Treibstofftank voll mit Diesel war, und das offenbar seit der Auslieferung des Schiffes. Alle hatten ihn für leer gehalten, doch da lagerten mehr als einhundert Tonnen Treibstoff, die den Bug nach unten gezogen hatten.

»Unsere *Mávur* ist auch oft ziemlich nass«, sagte da der Matrose am Steuer. »Hat jemand mal nachgeguckt, ob wir da vorne auch noch so einen geheimnisvollen Zusatztank haben?«

»Nein«, erwiderte der Steuermann und fügte hinzu, da sei er sich absolut sicher, aber der Bug der *Mávur* liege auch längst nicht so tief im Wasser wie der der *Eyfirðingur*.

Der Mann am Steuer war der älteste Matrose an Bord, er war schon fast siebzig. Später auf dieser Fahrt sollte Lárus ihn fragen, warum er nicht endlich mit dieser Sklavenarbeit zur See aufhöre, woraufhin der Alte antwortete: »Ich kann nichts anderes.«

Wenig später sagte der Steuermann zu Lárus, er sei am nächsten Morgen mit der Ruderwache dran, woraufhin Lárus sich verabschiedete und froh war, genau jetzt zur Back zurückzulaufen, da das Deck gerade nicht vom Wasser überspült wurde. Als er wieder in der vordersten Kabine angekommen war und in seiner Koje lag, hörte er erneut das Scheppern des Ankers, aber jetzt wusste er ja, dass die Welt davon nicht untergehen würde. Und der bärenstarke Bootsmann lag auch immer noch schnarchend in seiner Koje.

Auf der letzten Tour, auf dem anderen Trawler in der arktischen Dunkelheit weit nördlich des Polarkreises, hatte es ein Problem mit einem Tankdeckel gegeben, der nicht mehr richtig dicht hielt. Wahrscheinlich saß er schief auf dem Gewinde, auf jeden Fall leckte es sowohl in den Tank hinein als auch aus ihm heraus. Lárus wusste nicht mehr, ob das ein Süßwasser- oder Treibstofftank war. Die Maschinisten holten eine Rohrzange, die so lange Hebelarme hatte, dass drei Männer sich mit ihrem Gewicht dranhängen konnten, doch der Deckel bewegte sich kaum, auf jeden Fall nicht genug. Da griff der Bootsmann einen einfachen Schraubenschlüssel, setzte an dem Deckel an, drehte ihn mit einer Hand halb herum, und er schloss wieder dicht.

\*

Als der Bootsmann aus der arktischen Finsternis zurückgekommen war, freute er sich auf zu Hause. Nicht nur darauf, wieder festen Boden unter den Füßen zu haben, sondern auch darauf, seine neue Freundin zu sehen und deren Tochter. Sie wohnten seit ungefähr einem Jahr zusammen, zumindest in der Zeit, die er nicht auf See verbrachte. Er war oft lange weg, denn zu dieser Zeit fischten viele ausländische Boote in den Gewässern um Island, die die Isländer eigentlich für sich allein beanspruchten. Die Isländer hatten ihr Hoheitsgebiet vergrößert, doch britische und deutsche Trawler respektierten das nicht. Mit den Briten war es sogar zu einem »Kabeljaukrieg« gekommen, der dazu geführt hatte, dass sie jetzt Kriegsschiffe schickten, um ihre Fischereiflotte gegen die winzigen Schiffchen der isländischen Küstenwache zu verteidigen, die die Briten Kanonenboote nannten. All das führte dazu, dass die isländischen Trawler in weit entfernte Fanggebiete ausweichen mussten, wie in die bereits erwähnte Barentssee, vor Jan Mayen und Spitzbergen fischten, vor Grönland oder, wie dieses Mal, in den ergiebigen Rotbarsch-Gründen vor Neufundland.

Wenn die Trawler-Besatzungen nach vielen Wochen auf See endlich wieder an Land kamen, hatten sie eine Zeit voller Entbehrungen hinter sich. Zwölf Stunden Arbeit pro Tag, und das jeden Tag. Dazwischen Essen in der Messe, vielleicht Zeit, sich zu waschen, zu kämmen oder sogar ein Buch zur Hand zu nehmen, doch ansonsten gab es nur Arbeit und Schlaf und dann wieder Arbeit. Keinen Spaß. Und keinen Tropfen Alkohol. Was taten diese Männer also, sobald sie endlich an Land kamen? So ziemlich genau das, was die meisten anderen an den ganzen Wochenenden machen, während die Fischer auf See sind. Sie zogen ihre Sonntagsklamotten und frisch geputzte Schuhe an, ein weißes Hemd und eine Cowboy-Krawatte, und schauten vielleicht im *Röðull* oder *Breiðfirðingabúð* vorbei, auf jeden Fall aber im staatlichen Alkoholladen, und ließen den Schnaps in Strömen fließen. Wobei die Trawler fast nie am Wochenende anlegten, sodass man die Fischer für gewöhnlich an einem Montag oder Dienstag, diesen alltäglichsten aller alltäglichen Tage, zu den Taxis torkeln sah, auf wackeligen Beinen, weil sie den Alkohol nicht mehr gewöhnt und über Wochen auf Wellen gelaufen waren. Während alle anderen arbeiteten, suchten sie einen Ausgleich für die vielen knochentrockenen Wochen und die harte Arbeit. So ging es auch dem Bootsmann. Wenn er an Land kam, ging er normalerweise erst einmal nach Hause, nahm seine Frau in den Arm, sah das Glänzen im Auge des Kindes. Doch wenn er dann, später, wieder im Taxi zu Hause vorfuhr, war das weiße Hemd voller Flecken, die Cowboy-Krawatte hing auf Halbmast, die Sonntagsschuhe waren voller Kratzer und deren Gummisohlen verkrustet mit Schlamm, hatte er trotzdem noch eine halb leere Flasche in der Hand – da war die Wiedersehensfreude schnell vorbei.

Damals, nach dieser langen, unerfreulichen Tour nördlich des Polarkreises, fünf Wochen, die ihm außer dem Mindestlohn nichts eingebracht hatten, hatte er sich, vielleicht auch, weil Weihnachten war, besonders darauf gefreut, nach Hause zu kommen zu seiner Frau, in ein warmes

Bett mit sauberen Decken und Laken, er wollte ausschlafen, mit dem Kind plappern und Zeit mit netten Leuten verbringen. Doch die Bootsmänner konnten nicht einfach an Land springen, sobald das Schiff vertäut war. Für sie gab es an Bord noch einiges zu tun und aufzuräumen, und als er endlich auf dem Quai stand und nach einem Taxi Ausschau hielt, hatten seine Kameraden bereits die eine oder andere Flasche besorgt. Einer der Matrosen war direkt ins Hafencafé gegangen, hatte ein Taxi rufen lassen, das sofort zwei Flaschen Aquavit gebracht hatte, die jetzt dort auf dem Tisch standen, und als der Bootsmann kam, um seinen Seesack abzuholen, da riefen sie diese lebende Legende natürlich zu sich: »Können wir dir einen Kleinen anbieten, gegen die Kälte?«

O ja, und wie kalt es war. Und die Dunkelheit des Polarwinters hatte sich auch schon einen Weg durch die Sinne gebahnt, bis in die Seele hinein, wer konnte da schon Nein sagen zu einem kleinen Aufmunterungstropfen? Das schadete gewiss niemandem. Und wenn man dann schon einmal saß, zog sich das Ganze in die Länge, und ehe man sich's versah, fand man sich in der Kellerkneipe des Volkshauses wieder, und erst am nächsten Tag war der Bootsmann wieder genug Herr seiner Sinne, um ein Taxi nach Hause zu nehmen, doch dann war er noch mal eingeschlafen und hatte nach dem Aufwachen erneut ein paar Kurze gekippt, um den Mut für so eine folgenreiche Entscheidung aufzubringen. Seine Frau hatte da bereits endgültig die Nase voll. Das sei doch kein Leben mit einem Mann, den sie nur alle paar Wochen sah – und dann auch noch sturzbetrunken, sagte sie ihm und hatte innerhalb einer Viertelstunde ihre und die Sachen des Kindes gepackt und sich dann selbst ein Taxi gerufen. Der Bootsmann saß da und fand, er sei schließlich ein Mann, da könne ihm das bisschen Herzschmerz nichts anhaben, doch dann hatte es ihm doch so viel angehabt, dass er noch an demselben Abend beschloss, ins Meer zu gehen und dem Ganzen ein Ende zu setzen. Den ersten Teil des Planes setzte er auch in die Tat um. Er ging ins Meer, ging weit hinaus, hinter der Tankstelle in Fossvogur, doch der Sache ein Ende setzen – nein, denn auch wenn er weiterhin der Meinung war, dass dieses Leben wertlos sei, überraschte es ihn, wie ekelhaft das Meer doch war. Sein Arbeitsplatz war kalt und voller Dreck, es schauderte ihn bei der Vorstellung, wie sich Mund,

Nase, Ohren und Lunge mit dieser Plörre füllten. Warum zitternd vor Kälte sterben? Seinen Plan konnte er genauso gut trocken an Land in die Tat umsetzen, warm angezogen, irgendwo, wo er nicht allein war. Also machte er sich wieder auf den Weg, traf alte Freunde und beschloss, sich mit ihnen in den Tod zu trinken und den letzten Moment hoffentlich stark betrunken und laut lachend zu verbringen.

Auf dieses Ziel arbeitete er dann mehr als einen Monat hin und hatte das Gefühl, mit gewissem Erfolg, zumindest kotzte er seit einigen Tagen Blut, doch bevor er seinen Plan ganz umgesetzt hatte, ließ er sich überreden, für diese Tour auf der *Mávur* anzuheuern. Erst als er schon auf dem Weg auf das Schiff war, fiel ihm wieder ein, dass er sich eigentlich zu Tode trinken wollte, und aus genau diesem Grund war er so wütend, als die anderen ihn an Bord schleppten oder vielmehr trugen. Sie durchkreuzten seine Pläne.

\*

Am nächsten Morgen stand Lárus am Steuer. Er trug einen Pullover, wattierte Hosen und Gummistiefel. Es war sieben Uhr und noch immer stockdunkel, das Übliche hier im Norden, Ende Januar. Sie waren auf offener See und hielten auf die Südspitze Grönlands zu, Kurs Südwest. Hier gab es nichts, woran man sich orientieren konnte, kein Land mit den dazugehörigen Lichtern, keine anderen Schiffe in der Nähe. Es herrschte trübes Wetter, Regen prasselte an die Scheiben des Ruderhauses, der Wind, die Strömung schienen direkt von vorn zu kommen, der Bug schlug manchmal so hart auf dem Wasser auf, dass die Gischt über die Back hinweg bis an die Fenster des Ruderhauses spritzte. Die Positionslichter des Schiffes glommen, im Ruderhaus hingegen war es dunkel, bis auf das schwache Licht von dem Radar und dem Kompass, nach dessen Nadel Lárus steuern musste. Er strengte sich an, den Bug genau im Südwesten zu halten. Wellen und Strömung brachten das Schiff immer wieder um ein paar Grad vom Kurs ab, dann musste er vorsichtig gegensteuern, aber nicht zu stark, sonst übersteuerte das Schiff in die andere Richtung. Auch wenn dies erst seine dritte Fahrt mit einem Trawler war, wusste Lárus bereits, dass es für die Männer auf Ruderwache eine Frage des Stolzes war, das Steuer so wenig wie möglich zu bewegen, also gab sich Lárus alle Mühe, war unzufrieden, wenn er den Kurs zu scharf korrigierte, von Backbord so sehr gegensteuerte, dass der Bug nach Steuerbord überzog. Doch das passierte nicht oft, er machte das eigentlich ziemlich gut, zumindest beschwerte der Steuermann sich nicht, und auch nicht der Kapitän, der wenig später mit einem Kaffeebecher im Ruderhaus erschien, um ihn abzulösen.

Kapitän und Steuermann redeten leise kurz über das Wetter, den Kurs, dann nickte der Kapitän Lárus zu, dem nichts anderes einfiel, als sich daraufhin mit Namen vorzustellen, was der Kapitän wohlwollend aufnahm, abermals nickte und sagte: »Gut, Junge«, und anschließend nach achtern in den Kartenraum ging, in dem auch das Funkgerät war, und Lárus allein zurückließ. Lárus hielt den Kurs. Um ihn herum war nichts als Meer, und es wurde langsam heller in einer Welt, in der alles grau und weiß war: die Wellen, die Gischt, der Himmel und auch die Sturmvögel, die gelegentlich vorbeischossen. Lárus schien es, als ob eine Heringsmöwe dem Schiff folgte. Aus dem Bilderbuch über die isländische Vogelwelt, er hatte es als Kind zu Weihnachten bekommen, wusste er, dass diese Möwe *Larus Fuscus* heißt – alle Möwen hießen etwas mit *Larus*. Genau wie er.

Bald tauchten hier und da die ersten Männer auf. Sie kamen aus der Tür unter der Back heraus und gingen vorsichtig nach achtern, in Richtung Schiffsküche und Messe. Lárus hatte sich dort schon einen Kaffee geholt, bevor er das Steuer übernahm, mit Milch und Zucker, so wie er ihn zu Hause immer trank, aber sobald er einen Schluck davon genommen hatte, wallte die Übelkeit wieder auf, die ihn bereits in seiner Koje befallen hatte, als er das Schlagen des Ankers gegen die Schiffswand hörte. Er hatte den Kaffee ins Waschbecken gegossen, und als er das Steuer übernahm, verschwand seine Übelkeit im Nu. Er stand einfach da, verlagerte sein Gewicht von einem Bein auf das andere und wieder zurück, im Takt der Bewegungen des Schiffes, die ihn nun beruhigten.

Ein Mann stieß zu ihnen, der Funker, wie sich herausstellte. Er stellte sich Lárus freundlich vor und grüßte den Kapitän, der mit leiser Stimme antwortete. Dann setzte er sich vor seine Geräte, man hörte Rauschen und in dem Rauschen Stimmen, auf die der Funker antwortete. Er gab das Rufzeichen der *Mávur* durch, wechselte einige Worte, dann kam er wieder nach vorn und sagte, er habe mit der *Harpa* und der *Garpur* gesprochen, die beide nicht weit voraus waren, einen halben Tag vielleicht, und er habe auch gehört, dass die *Póseidon* noch immer im Hafen von Reykjavík liege.

Im Ruderhaus war es jetzt hell genug, damit Lárus sich umsehen konnte. Es war erstaunlich sauber hier und sogar einigermaßen eingerichtet, auf dem Boden lagen grüne Matten, die Wände waren mit Holz verkleidet, die technischen Geräte und sogar die Türklinken und Fensterrahmen auf Hochglanz poliert. Ein schwacher Ölgeruch hing in der Luft und ein Hauch von Fisch, vermischt mit Tabakrauch. Der Kapitän stand an Steuerbord an dem Fenster, an dem eine Schleuderscheibe angebracht war, die permanent in Bewegung war und Regen und Gischt wegwischte, sodass man immer freie Sicht hatte. Dort war auch der Maschinentelegraf, der seine Kommandos in den Maschinenraum übertrug: volle Kraft, halbe Kraft, langsam, ganz langsam, Stop, zurück – wobei das da auf Englisch stand: *full, half, slow, dead slow, stop, astern*. Es gab dort auch ein Kupferrohr, durch das der Kapitän direkt mit dem Maschinenraum sprechen konnte und hörte, was die Maschinisten zu berichten hatten.

Der Kapitän war ein Mann mittleren Alters

mit dunklem Haar, das bereits an einigen Stellen ergraute. Er redete nicht viel und antwortete sehr leise, wenn er angesprochen wurde und zum Beispiel Meldungen von seinem Steuermann oder dem Funker bekam. Nur wenn er durch das Kupferrohr den Maschinisten etwas zurief oder aus dem Fenster des Ruderhauses einen Befehl gab, war seine Stimme durchdringend und kräftig. Später auf dieser Fahrt sollte Lárus noch merken, wie gut der Kapitän sich bemerkbar machen konnte, wenn es nötig war, zum Beispiel, wenn er denen Befehle gab, die an Deck arbeiteten – dann trug seine Stimme laut und klar durch das Heulen der Winden und das Dröhnen des Sturms. Wenn sie in isländischen Gewässern mit vielen Trawlern nah beieinander auf Fangfahrt waren und ihr Kapitän dann mit seiner lauten Stimme befehlen würde, das Schleppnetz auszuwerfen, hätten das auch gleich zwanzig andere Trawler getan, hörte Lárus einige Tage später einen Matrosen sagen.

*

Nachdem das Rettungsboot an der Backbordseite über Bord gegangen war, hatte die *Mávur* kaum noch Schlagseite, rollte und stampfte jedoch weiterhin ein wenig, als drückte das Gewicht des Eises sie in die Wellen hinein. Der Kapitän stand an dem Maschinentelegrafen und sah durch das Fenster, dessen Scheibe zerborsten war, wie die Wellen das Schiff anhoben und im nächsten Moment in ein Tal stürzten, er schätzte die Höhe der Wellen auf fünfzehn bis zwanzig Meter. Sie mussten jetzt unbedingt ihren Kurs halten, genau im Wind fahren, denn die *Mávur* war – insbesondere durch die Eiskappe am Bug, die inzwischen die ganze Back und die Ankerwinden bedeckte und bis an die Oberkante des Schanzkleides heranreichte – so träge, dass ein Brecher, der das Schiff von achtern traf, den Bug gefährlich tief in die See tauchen würde. Es fühlte sich sonderbar an, direkt in diesen Sturm hineinzufahren, kamen sie auf diese Weise doch nur in immer kälteres Gebiet. Aber darüber nachzudenken hatte jetzt keinen Sinn. Der Kapitän wusste, dass er früher oder später einige Männer hinausschicken musste, um das Eis auf der Back loszuschlagen, doch im Moment war daran nicht zu denken, viel zu hoch waren die Wellen, die den Bug der *Mávur* überspülten. Und auch wenn der Seegang etwas nachließ, würde es ein Himmelfahrtskommando bleiben, denn festhalten konnte man sich dort nirgendwo mehr.

Der Kapitän hoffte zudem, dass die Maschine durchhielt. Bisher hatte dieses englische Kraftpaket sie nie enttäuscht, doch nun wurde sie ziemlich beansprucht, musste dauernd wechseln zwischen schnell und langsam, stopp und zurück – wenn etwas sie ruinieren konnte, dann das. Draußen hatten sich einige Männer daran gemacht, das Dach des Ruderhauses zu enteisen, sodass man drinnen laute Schläge hörte. Das komplette Dach war überfroren, nicht einmal das Radar drehte sich mehr, sodass sie nicht wussten, ob andere Schiffe in ihrer Nähe waren. Die *Harpa* antwortete nicht mehr auf ihre Funksprüche. Zwei Schiffe aus anderen Ländern hatten Mayday gefunkt, vielleicht auch drei, es ließ sich nicht genau feststellen, weil aus dem Funkgerät fast nur noch Rauschen kam.

Auch auf dem Deck hinter dem Ruderhaus schlugen einige Männer das Eis ab. Der Kapitän hatte ihnen strengstens befohlen, jederzeit angeleint zu sein, und doch war ihm unwohl bei dem Gedanken, dass sie dort draußen waren. Nicht auszudenken, wenn einem von ihnen etwas zustieß, der Alptraum eines jeden Schiffskommandanten, denn jeder Kapitän wünschte sich, nach einem Leben im Ruderhaus im Alter sagen zu können, keiner seiner Männer habe in all den Jahren auch nur den kleinen Finger verloren.

Aber im Moment hatte etwas anderes Priorität. Eine besonders steile Welle kam auf das Schiff zu, leicht von Backbord und so groß wie das neu gebaute Hochhaus der Zeitung *Morgunblaðið* in Reykjavík. Der Kapitän konnte gerade noch die Maschine drosseln, die Ruderhaus-Tür aufreißen und »Brecher!« schreien, um die draußen arbeitenden Männer zu warnen, da prallte die Welle auf das Schiff und traf die Aufbauten der *Mávur* mit voller Wucht. Wasser schoss durch das zerbrochene Fenster. Das Schiff kippte so stark nach Steuerbord, dass die Männer im Ruderhaus sich festhalten mussten, und dann war die Welle über sie hinweggerauscht, doch das Schiff richtete sich einfach nicht wieder auf.

Der klatschnasse Kapitän riss die Tür auf, rief den Männern auf dem hinteren Deck zu, sie sollten reinkommen, und schon kamen sie, einer, ein anderer, der Dritte, der Vierte – bis irgendwann alle da waren, durchnässt zwar, ausgekühlt, aber am Leben. Der Kapitän setzte den Maschinentelegrafen wieder auf halbe Fahrt voraus. Das Schiff hatte noch immer so starke Schlagseite, dass er befürchtete, der Propeller würde gar nicht mehr im Wasser sein und das Ruder vielleicht auch nicht, was ihr sicheres Ende bedeuten würde. Er brüllte sein Kommando noch einmal durch das Kupferrohr in den Maschinenraum, doch die Maschinisten hielten sich ohnehin bereit, hatten seinen Befehl bereits ausgeführt, und bald stellten alle erleichtert fest, dass das Schiff Fahrt aufnahm, und hörten, wie sie unten Schiffsdiesel in die Backbord-Tanks pumpten.

Den Männern, die eben noch draußen an Deck gewesen waren, saß der Schrecken in den Knochen. Drei von ihnen hatten sich auf den Boden des Ruderhauses gesetzt, die Beine von sich gestreckt wie Kinder, und starrten auf den Boden oder mit leerem Blick nach vorn. Immer mehr Männer kamen mühsam die steile Treppe ins Ruderhaus hinauf, auch ihnen stand die Angst ins Gesicht geschrieben. Unter ihnen waren auch der zweite Steuermann und die anderen, die vorhin das Rettungsboot an der Backbordseite losgeschlagen hatten, damit es ins Meer stürzen konnte. Da fragte der zweite Steuermann auch schon, ob es nicht langsam an der Zeit wäre, auch das Rettungsboot an Steuerbord loszumachen. Der Kapitän war alles andere als glücklich darüber, dass so ein großer Teil der Besatzung mitbekam, wie sie eine solche Verzweiflungstat planten, nach der ihnen keine Chance mehr blieb, sollte das Schiff sinken. Da sagte der zweite Steuermann, als hätte er die Gedanken seines Kapitäns erraten: »Wir haben ja noch die Schlauchboote.«

Nachdem der Kapitän ihnen den entsprechenden Befehl erteilt hatte, gingen der zweite Steuermann und zwei andere mit Äxten auf das Bootsdeck hinaus und banden sich an der Reling fest. Der Rest der Besatzung hörte von drinnen blass und schweigend zu, wie sie draußen auf die Davits einhämmerten, die ihr letztes Rettungsboot hielten, dann stürzte etwas sehr Schweres über Bord, und der Trawler richtete sich auf – langsam zwar, aber immerhin. Die Maschine lief, der Propeller drehte sich, das Ruder schlug an, der Sturm tobte, Wellen schlugen auf das Schiff, und jeder Spritzer Wasser, der auf Stahl traf, fror sofort fest.

Jeder an Bord wusste, dass sie immer weiter in den Polarstrom hineinfuhren, wo die See unter null Grad kalt war. Sie mussten weiter nach Süden kommen, in wärmeres Gebiet, aber dazu mussten sie vor dem Sturm fahren, das Heck in den Sturm gedreht, und das kam derzeit nicht infrage. Doch sie kamen auch nicht mit dem Abschlagen des Eises hinterher. Es wurde immer mehr, die großen Winden waren jetzt auch vollkommen unter Eis verschwunden, es reichte sogar schon an die Unterseite der Ruderhaus-Fenster heran, und der Gletscher auf der Back wuchs und wuchs. Ohne die Rettungsboote reagierte das Schiff deutlich besser, doch man konnte spüren, dass es bereits wieder träger wurde. Es gab keine andere Wahl: Sie mussten so viele Männer wie möglich mit Hämmern, Äxten, Schraubenschlüsseln oder Rohren ausrüsten. Sie mussten hoffen, dass sie eine Chance hatten gegen die Wellen, die Kälte, das Eis. Und sie mussten zu Gott beten, dass das Wetter nicht noch schlechter wurde, sondern vielleicht sogar ein bisschen besser.

Inzwischen war es Sonntag, der achte Februar, kurz vor zwölf Uhr mittags. Essensgeruch stieg aus der Schiffsküche herauf, was die Besatzung ein wenig aufmunterte, so wie der Geruch guten Essens es immer tat, sogar die letzte Mahlzeit eines zum Tode Verurteilten, aber was wissen wir schon von so was? Der Kapitän befahl der

Hälfte der Besatzung, die sich im Ruderhaus aufhielt, nach draußen zu gehen und Eis zu hacken, und sagte denen, die draußen gewesen waren, als der große Brecher aufschlug, der sie alle fast ertränkt hätte, sie sollten runtergehen, etwas Warmes essen, dann wieder an Deck kommen und die anderen ablösen. Wenig später rief er durch das Kupferrohr dem Chefmaschinisten zu, er möge heraufkommen. Der Kapitän wollte mit ihm gemeinsam überlegen, ob sie nicht irgendwas mit den Winden machen konnten, um die sich so viel Eis gebildet hatte. Ob man die Winden vielleicht in Gang setzen könnte, nur ganz kurz, in der Hoffnung, dass das Eis sich löste?

Der Chefmaschinist war ein junger Mann, kaum älter als zwanzig, aber dennoch der ranghöchste Mann im Maschinenraum. Insgesamt waren sie fünf dort unten, drei Maschinisten und zwei Schmierer. Bei einem Sturm wie diesem hatten immer zwei von ihnen gleichzeitig Wache, damit sie Befehle aus dem Ruderhaus schnellstmöglich ausführen und sofort eingreifen konnten, wenn mit der Maschine etwas nicht stimmte. Die anderen waren währenddessen draußen an Deck und hackten Eis, versuchten, etwas zu ruhen, oder stellten improvisierte Eisäxte aus Rohren her. Der Chefmaschinist hatte an einer Dieselmaschine gelernt, die dieser hier ziemlich ähnlich war, einer Ruston mit 1322 PS. Die älteren Maschinisten kannten sich eher mit Dampfschiffen aus, wie sie noch bis vor Kurzem in der isländischen Fischereiflotte verbreitet waren.

Unten im Maschinenraum, bei der Hitze und dem ohrenbetäubenden Lärm, konnte man die Gefahr, in der sie alle schwebten, irgendwie ignorieren. Man bekam sie aber nicht völlig aus dem Kopf, das war ausgeschlossen, aber es half, sie so auszublenden, dass man es schaffte, sich auf die Maschine zu konzentrieren und einfach nur dafür zu sorgen, dass das Herz im Körper des Schiffes weiterschlug. So konnte man sich zumindest einbilden, das Unwetter da draußen habe nicht mehr mit einem zu tun als ein Weltkrieg auf einem anderen Kontinent. Umso mehr mussten sie sich zusammenreißen, wenn sie ins Ruderhaus hochkamen, durch die Fenster blickten und mit eigenen Augen sahen, wie es um sie stand.

\*

Während der Fahrt zur Neufundlandbank, die ungefähr eine Woche dauerte, war es an Bord oft ruhig gewesen. Bei jedem Wachwechsel errechneten sie die Position des Schiffes, anhand des Kompasses und der zurückgelegten Strecke, die sie mit der sogenannten Log bestimmten, einer Art Mini-Torpedo, der an einem Seil hinter dem Schiff hergezogen wurde und ein Zählwerk hatte, das sich je nach Geschwindigkeit des Schiffes schneller oder langsamer drehte. Sie kamen voran. Lárus wurde immer wieder ans Steuer gelassen. Er empfand diese Verantwortung als eine Ehre, was er seinen Vorgesetzten auch sagte. Er war gern dort oben, mit dem Steuermann oder dem Kapitän, der manchmal bei ihnen vorbeischaute, ebenso wie die Maschinisten oder der Schiffskoch und auch der eine oder andere Matrose, um zu erfahren, wie sie vorankamen. Dann war da noch der Funker, der unglaublich viel wusste und sich nebenbei um die Schiffsbücherei kümmerte, zwei Kisten mit jeweils vierzig Büchern aus der Bibliothek in Reykjavík. Die Kisten wanderten von einem Schiff der Fischereiflotte zum nächsten und wurden mehrfach im Jahr neu bestückt, damit die Fischer neuen Lesestoff bekamen.

Auf diesen langen Fahrten gab es an Bord nicht viel zu tun. Kapitän und Steuermann waren natürlich im Ruderhaus und navigierten, die Köche kochten, trugen auf und räumten ab, die Maschinisten hielten die Maschine am Laufen, schmierten sie und reparierten, was es zu reparieren gab, nur die Matrosen konnten es ruhiger angehen lassen. Am ersten Tag waren die meisten ohnehin hundemüde und verkatert, doch schon am zweiten Tag waren alle früh auf den Beinen. Normalerweise wäre jetzt die Zeit gewesen, in der die Netzmänner sich noch einmal die Netze angesehen hätten, um eventuelle Risse zu reparieren, doch dieses Mal hatten sie diese Aufgabe schon im Hafen von Reykjavík erledigt und konnten die Netze lassen, wo sie waren. Stattdessen kümmerte die Mannschaft sich um die Taue, Stahlseile und Kurrleinen, die man ab und zu spleißen musste, oder spleißten etwas, dem es nicht schaden würde. Manche machten diese Arbeit einfach gern, auch wenn es keine leichte Aufgabe war, weil sie sowohl Geschicklichkeit als auch Kraft erforderte: Die Kardeele mussten mit einer Art großen Nadel aus Stahl, dem Marlspieker, auseinandergedrängt werden und dann nach allen Regeln der Seemannskunst mit anderen Strängen verbunden werden. Einige Männer wurden dazu abgestellt, das Schiff aufzuklaren und sauber zu machen, sie polierten alle Kupferteile, wienerten die metallenen Fensterrahmen, bohnerten und schrubbten die Böden. Der Steuermann befahl den Matrosen auch, ihre Unterkünfte auf Vordermann zu bringen, was mit unterschiedlichem Ehrgeiz umgesetzt wurde. In der unteren Kabine ganz vorn unter der Back, in der Lárus und der Bootsmann untergekommen waren, gab es ohnehin nicht viel, was man auf Vordermann hätte bringen können. Der Bootsmann war in den ersten Tagen schweigsam, verließ kaum seine Koje, setzte sich nur ab und zu zum Rauchen auf oder blätterte in einem Buch, doch wenn Lárus und er sich begegneten, wechselte er immerhin ein paar freundliche Worte mit dem Jungen, er kannte ihn ja bereits von der Tour, die sie jenseits des Polarkreises geführt hatte. Am dritten Tag war der Bootsmann auf den Beinen, kam zu den Essenszeiten in die Messe und blieb auch ein bisschen dort, besorgte sich Bücher aus der von dem Funker verwalteten Schiffsbücherei, streckte seinen mächtigen Körper auf einer der Bänke aus, rauchte Kette, hatte immer einen Kaffeebecher vor sich und las.

Auch Lárus kam öfter in die Messe, um sich Kaffee zu holen und zu rauchen, doch der gesüßte Kaffee mit Milch, den er sonst immer getrunken hatte, rief in ihm weiterhin die Übelkeit wach, die er nach dem Auslaufen verspürt hatte, als ihn der Seegang und Schläge des Ankers gegen den Schiffsrumpf geplagt hatten, und das, obwohl er sonst nie seekrank wurde und einen guten Appetit hatte. Dabei hätte er gern Kaffee getrunken. Er versuchte auch, die Filterzigaretten zu rauchen, von denen er sich vor dem Auslaufen eine ganze Stange gekauft hatte, bis er schließlich herausfand, dass er den Kaffee nur schwarz trinken und die Filter von den Zigaretten abreißen musste, und der schlechte Geschmack im Mund und das flaue Gefühl im Magen verschwanden. Das war für Lárus eine echte Entdeckung, es gab ihm das Gefühl, deswegen ein besserer Seemann zu sein. Während er also in einem Karo-Hemd in der Messe saß, mit schwarzem Kaffee und filterloser Kippe, und meinte, seine Lebensaufgabe gefunden zu haben, versuchte er zu erkennen, welches Buch der Bootsmann las. Auf dem Titel stand *Landstreicher* von Knut Hamsun.

»Ist das Buch gut?«

Der Bootsmann merkte nicht sofort, dass Lárus mit ihm sprach, doch dann blickte er auf und sah ihn an. Als Nächstes betrachtete er das Buch, das er in den Händen hielt, besah sich den Umschlag, als müsste er erst herausfinden, wie es heißt, als hätte er darüber zuvor nicht nachgedacht.

»Es geht um Leute, die nirgendwo zu Hause sind«, sagte er schließlich. »Von denen kenne ich einige.«

Noch an demselben Tag ging Lárus zu dem Funker und ließ sich die Kisten mit den Büchern zeigen. Der Funker hieß jeden willkommen, der mit diesem Anliegen zu ihm kam, und dass nun der jüngste Matrose vor ihm stand, freute ihn besonders. Er wollte ihm sofort etwas empfehlen, an Bord sagte man sich, er habe fast alle Bücher aus den Kisten der Fischereiflotte gelesen.

»Was darf es denn sein? Wie wär's mit etwas Anständigem? Da hätte ich Gedichte von Davíð Stefánsson und Steinn Steinarr. Weißt du eigentlich, dass unser Bootsmann auch einmal einen Gedichtband veröffentlicht hat? Im Verlag Oddur Björnsson in Akureyri. *Verse aus der Dunkelheit*, heißt der, glaube ich. Oder *Verse aus der Dämmerung*, aber den haben wir leider nicht hier.«

Lárus kehrte von seinem Besuch bei dem Funker mit einem Buch über die Seefahrt zurück, *Schwere See – Geschichten von Schiffsunglücken und Meeresabenteuern*, veröffentlicht bei Iðunn,

Reykjavík 1949. Solche Bücher las sein Vater am liebsten, er hatte viele davon im Bücherregal im Wohnzimmer, allerdings nicht dieses, wenn Lárus sich richtig erinnerte. Das letzte Weihnachten hatte ihnen ein gerade erst erschienenes Buch ins Haus gebracht, für das in den Zeitungen viel Werbung gemacht worden war, *Auf hoher See: wahre Geschichten von Heldentaten, Schiffsunglücken und Abenteuern*, im Verlag Ægir erschienen, 1958. Sowohl Vater als auch Sohn hatten das Buch verschlungen und viel darüber gesprochen, die letzte Fahrt der *El Dorado* kam darin vor, der Untergang der *Andrea Doria*, der Untergang der *Lusitania*. Am Schluss des Buches fand sich eine lange tragische Geschichte mit dem Titel *Ich überlebte*, die von einem Mann handelte, der genau das geschafft hatte, und zwar die Schiffskatastrophe, die in der Geschichte der Seefahrt die meisten Menschenleben gekostet hatte: den Untergang der *Wilhelm Gustloff*, die Ende des Zweiten Weltkrieges in der Ostsee versenkt worden war, voller ostpreußischer Flüchtlinge, Zivilisten, Frauen und Kinder auf der Flucht vor dem Vormarsch der Roten Armee. Achttausend Menschen waren an Bord, kaum mehr als tausend konnten gerettet werden, alle anderen verschlang das Meer. Fünfmal mehr Menschen als auf der *Titanic* waren da ums Leben gekommen, nachdem sie 1912 auf ihrer Jungfernfahrt mit einem Eisberg kollidierte – dennoch war es ihr Untergang, der uns bis heute in den Bann zog wie keine andere Katastrophe der Seefahrt. Lárus hatte darüber viele aufwendig illustrierte Berichte in Zeitungen und Zeitschriften gelesen, und sein Vater, der von solchen Publikationen wenig hielt, hatte ein dickes Buch aus Dänemark oder Norwegen, das ausführlich über das Schicksal der *Titanic* vor fast einem halben Jahrhundert berichtete. Seit Lárus' Kindheit hatten sich Vater und Sohn dieses Buch immer wieder zusammen angeguckt: die Bilder, die Karte mit der Route und der vermutlichen Unglücksstelle, Menschen in Rettungsbooten, die von dem sinkenden Schiff fort auf das Meer hinausruderten.

Und nun saß Lárus in der Messe zusammen mit dem Bootsmann und Dichter und las das zehn Jahre alte Buch, das er sich von dem Funker ausgeliehen hatte, in dem es um Schiffsunglücke vor Island ging. Er vertiefte sich in einen Bericht über einen Trawler, der am 8. Februar 1925 nordwestlich von Island im Seegebiet von Hali in ein Unwetter geriet und vollkommen vereiste, fast auf den Tag genau vor 34 Jahren, denn heute war der erste Februar. Die Beschreibungen ließen einem die Haare zu Berge stehen.

Als der Bootsmann das *Landstreicher*-Buch von sich gelegt hatte, erzählte Lárus ihm, was er gelesen hatte, von dem Eis, das sich immer dicker auf den Trawler gelegt hatte, von dem dort erzählt wurde, während andere Schiffe in unmittelbarer Nähe kenterten, und er fragte den Bootsmann, ob auch ihnen so etwas passieren könnte.

Der Bootsmann zündete sich eine Zigarette an und sagte: »Wir sind natürlich viel weiter südlich, Hali ist ja am Polarkreis, und die Neufundlandbank, wo wir hinfahren, liegt auf derselben Breite wie London. Wer weiß, alles kann passieren, aber meistens ist das Wetter dort gar nicht so schlecht.«

Am selben Tag hörten sie, dass die *Hans Hedtoft* in Seenot geraten war. Das nagelneue Grönlandschiff der Dänen hatte gemeldet, sie seien im Begriff zu sinken, vor der Südspitze Grönlands, nicht weit vom derzeitigen Standort der *Mávur* entfernt, fast genau auf ihrem Kurs. Dieses prächtige, gerade vom Stapel gelaufene Schiff, das Lárus erst vor zwei Wochen im Hafen von Reykjavík bewundert hatte, war nach Grönland gefahren, hatte Fracht und Passagiere an Bord genommen und sich dann auf den Weg zurück nach Dänemark gemacht, als sich diese Tragödie ereignet hatte, *Mayday, Mayday, Mayday. Wir sinken.* Die Besatzung der *Mávur* erfuhr, dass der Kapitän und die Steuermänner überlegt hatten, Kurs auf die Stelle zu nehmen, von der der Notruf kam, doch dann hatten sie ausgerechnet, dass sie die *Hans Hedtoft* nicht mehr rechtzeitig erreichen würden, außerdem waren andere Schiffe auf dem Weg zu ihr, darunter der Trawler *Garpur*, der vor ihnen in Reykjavík ausgelaufen war und mehr Fahrt machen konnte. Später kam in den Nachrichten, dass man von der *Hans Hedtoft* nichts gefunden hatte außer einem Rettungsring. Fünfzig Passagiere und 45 Besatzungsmitglieder wurden für tot erklärt.

Lárus las in seinem Buch über Schiffsunglücke, wann immer ihm Zeit blieb. Die Lektüre ließ ihn nun noch mehr erschaudern, wo sie selbst dem Ort einer solchen Tragödie so nahe waren. Abends war es in der Messe oft ziemlich voll, einige spielten Karten, pokerten um Streichhölzer oder Zigaretten, aber viele saßen auch einfach nur herum und lasen. In den Kisten des Funkers waren die verschiedensten Bücher, Biografien,

Kriegsgeschichten, ein Maschinist las *Die Islandglocke* von keinem Geringeren als Nobelpreisträger Halldór Laxness und schüttelte sich immer wieder vor Lachen.

»Was ist denn da so witzig«, fragte jemand, also ließ der Maschinist sich nicht lange bitten und las der ganzen Messe die Stelle vor, in der Jón Hreggviðsson in Rotterdam auf Abwege gerät und einer Frau begegnet, die in einem Hauseingang unter einer Laterne steht. Die Frau spricht ihn an. Sie ist so gut gekleidet, dass er sie für die Frau eines Pastors oder gar eines Probstes hält, da bietet sie in sehr gewählter Ausdrucksweise an, ihm eine Gefälligkeit zu erweisen. Als sie eine Silbermünze in seiner Tasche findet, lässt sie das nicht weniger freundlich werden. Jón Hreggviðsson schläft erst mit der Frau und dann auf ihrem Lager ein, doch in der Nacht kommen zwei Gauner und schmeißen ihn raus, »und somit war es um die Silbermünze von Jón Hreggviðsson geschehen«.

Die Männer lachten sehr über diese kurze Lesung. Einer sagte: »Als ich noch auf einem Frachter war, war ich öfter mal in Rotterdam. Ich glaube, ich kenne diese Pastorenfrau.«

Lárus stand gern am Steuer und hatte das ja

auch, wie bereits erwähnt, dem Kapitän und dem Steuermann zu verstehen gegeben, sodass sie ihn nun immer öfter für die Ruderwache einteilten. Da stand er dann im Einklang mit den Bewegungen des Schiffes, sah hinaus in die Dunkelheit oder das Licht des Tages, über das nicht endende Meer, das niemals gleich war. An einem heiteren Tag, als sich die niedrig stehende Sonne in der blauen Oberfläche der See spiegelte, ging der Steuermann mit einem Sextanten auf die Brückennock, maß, wie hoch die Sonne stand, nahm das Zeitzeichen vom Funkgerät und konnte dann genau ausrechnen, wo sie sich befanden. Als er diese Position im Kartenraum in ihre Seekarten eintrug, stellten sie fest, dass sie gar nicht schlecht geschätzt hatten, sie waren nur etwas weiter östlich und nördlich als vermutet und korrigierten ihren Kurs um zwei Grad in Richtung Süden.

Auf seiner ersten Fahrt auf einem Trawler, Ende des letzten Sommers, hatten sie bei ruhigem Wetter und Sonnenschein südlich der Westmännerinseln gefischt, nicht weit von der Insel Súlnasker, als einer der Männer plötzlich aufs Meer hinaus wies, wo eine Gruppe von Schwertwalen aufgetaucht war, so nah, dass Lárus ihre Atemgeräusche hören konnte.

»Die wittern Beute«, sagte einer der Matrosen. »Wahrscheinlich haben sie einen Heringsschwarm in die Enge getrieben. Oder Lodden.«

Das hatte sich auch bis in die Lüfte herumgesprochen, denn nun flogen auch schon die ersten Basstölpel über den Schwertwalen, die inzwischen im Kreis um ihre Beute schwammen.

Im nächsten Augenblick stießen die Basstölpel mitten in diesen Kreis hinein, Schnabel voraus wie Sturzkampfflugzeuge. Einer nach dem anderen durchbrach die Wasseroberfläche, und wenig später tauchte einer nach dem anderen wieder auf, mit kaltem, stolzem Blick und jeder mit etwas im Schnabel.

Auch die ganz normalen grauen Sturmvögel hatten plötzlich alles Interesse verloren an ihrem Trawler und den Eingeweiden, die manchmal über Bord gingen, und wandten sich dem Spektakel mit den Walen und den hinabstürzenden Basstölpeln zu.

Lárus blickte in Richtung Norden zu den Westmännerinseln, die sich dort aus der glänzenden See erhoben, in ihrer Nähe entdeckte er einige andere Schiffe, weiter entfernt die Küste von Island mit ihren schwarzen Stränden, grünen Wiesen und Gletscherkuppen. Es war dieser

Moment, in dem Lárus beschlossen hatte, sein ganzes Leben lang Seemann zu sein. Und nun stand er hier, am Steuer der *Mávur* und blickte in Richtung Süden, während sie Kap Farvel umrundeten, die südlichste Spitze des kalten, großen Grönlands.

Während Lárus weiter nach Südwest steuerte, kam der Funker, der ja in jeder freien Minute las oder über irgendwas nachgrübelte, und erzählte von der Wikingerzeit, zu der ihre Ahnen bereits auf diesem Kurs unterwegs gewesen waren, von Island aus an der Südspitze Grönlands vorbei und weiter nach Nordamerika, und das in offenen Holzbooten, die um einiges kleiner gewesen waren als so ein Stahl-Trawler, 25 Meter oder noch kleiner, also höchstens halb so lang wie die *Mávur* und natürlich keine Maschine, kein Deck, nur Segel.

Sowohl Lárus als auch der Steuermann, der am Fenster stand und Pfeife rauchte, fanden das ziemlich unrealistisch. Der Steuermann fragte, ob die Hälfte dieser damaligen Grönlandsfahrer nicht einfach mit Mann und Maus untergegangen waren, das habe er zumindest irgendwann einmal gehört.

»Ja, einige sind gesunken«, gab der Funker zu.

»Aber das machen Schiffe ja auch heute noch, wie wir wissen.« Und fügte hinzu, dass ihre Vorfahren natürlich nur im Hochsommer zur See gefahren waren, nicht in Winterstürme hinein. Auf der anderen Seite könne einem ja im Sommer auch alles Mögliche passieren.

»Und wie haben die navigiert?«, fragte Lárus. »Die hatten ja kein Radar. Gab es damals schon Kompasse? Sextanten? Wie haben die das gemacht?«

Der Funker erklärte, dass sie damals *möglicherweise* tatsächlich eine Art Sextant gehabt und sich am Stand der Sonne orientiert hätten und wahrscheinlich auch an den Sternen, der Höhe des Polarsterns und dergleichen.

Da lachte der Steuermann nur, der erst vor Kurzem selbst den Stand der Sonne bestimmt hatte: »Dazu muss man doch wissen, wie spät es ist. Und Uhren hatten die ja nun wirklich nicht. Oder ein Zeitzeichen aus dem Funkgerät, hahaha!«

»Na ja«, sagte der kluge Funker. »*Ein* genaues Zeitzeichen hatten sie schon, solange sie die Sonne sehen konnten, und zwar, wenn sie am höchsten stand. Dann war Mittag. Zumindest sind sie so über Jahrhunderte kreuz und quer über das Meer gesegelt, von Europa zu den Färöer, nach Island, nach Grönland, und haben immer die richtigen Orte gefunden, ihren Fjord, ihre Bucht, sogar den Weg nach Amerika.«

»So genau können wir das gar nicht wissen«, sagte der Steuermann, doch der Funker meinte, es gebe auch keinen Grund, das zu bezweifeln. Die Fahrten nach Amerika seien, wie viele andere Reisen, in den Sagas beschrieben, wahrscheinlich seien sie auch über die Neufundlandbank gesegelt. »Stellt euch das mal vor! Das ist tausend Jahre her!«

Inzwischen war der zweite Steuermann ins Ruderhaus gekommen. Der erste Steuermann wollte das Gespräch beenden und sagte: »Tja, auf jeden Fall hatten die damals keinen Koch und keine Küche wie wir. Ich hole mir jetzt was zu futtern.«

*

Als der Sonntag vorüber war und das Unwetter bereits mehr als 24 Stunden lang tobte, sagte der Funker leise zu dem Kapitän, er habe die *Harpa* schon mehrfach angefunkt, ohne eine Antwort zu bekommen. Er fügte hinzu, er habe sie nicht grundlos angefunkt, sondern vielmehr, weil er der Meinung sei, einen Notruf von ihr empfangen zu haben. Anfangs sei er sich nicht sicher gewesen, er habe das Rufzeichen nur schlecht hören können, aber auf jeden Fall habe es mit TF begonnen, Tango Foxtrott, also ein isländisches Schiff. Auch der weitere Funkspruch sei kaum zu verstehen gewesen, doch je mehr er darüber nachdachte, desto sicherer war er sich, dass er gehört hatte, sie würde untergehen. Und dann nur noch Rauschen. Als der Kapitän dies hörte, wurde er weiß im Gesicht. Er wusste genauso gut wie der Funker, dass ihre Ausgangslage dieselbe war wie die der *Harpa*, im selben Fanggebiet und nicht weit voneinander entfernt. Die *Harpa* war ein ähnlicher Bautyp wie die *Mávur*, hatte am Samstagmorgen voll geladen und lag dementsprechend tief im Wasser, genau wie die *Mávur*. Also waren seit dem Ausbruch des Unwetters wahrscheinlich schon drei Schiffe gesunken. Dass die *Mávur* das vierte sein würde, war eigentlich nur eine Frage der Zeit. Sie wussten, dass die *Eyfirðingur* weiter südlich in wärmeren Gewässern fuhr. Dort musste die *Mávur* auch hin, unter normalen Umständen wären das keine zehn Stunden Fahrt, aber diese Umstände waren nun einmal alles andere als normal, und um überhaupt in die richtige Richtung zu kommen, mussten sie das Schiff durch den Wind drehen, sodass die Wellen sie für eine Zeit lang von der Seite treffen würden. Ob die *Mávur* das überstand, wusste niemand.

Nach dem Losschlagen der Rettungsboote war das Schiff zuerst deutlich leichter und damit auch leichter handhabbar gewesen, doch wenn es sich nun zu einer Seite neigte, blieb es schon wieder beunruhigend lange dort, ohne zurückzuschwingen wie ein Pendel. Wenn sie überleben wollten, mussten sie den Gletscher loswerden, der ihr Vorderschiff tief in jede Welle drückte, die Eismassen auf den Winden direkt vor dem Ruderhaus und ganz vorn auf der Back, die weiterhin dauernd überspült wurde. Sich dort hinauszuwagen war lebensgefährlich, das war allen klar, aber sie hatten keine andere Wahl.

Der Funker schlug dem Kapitän vor, die Schiffe in der Umgebung über ihre Schwierigkeiten mit dem Eis zu informieren, doch der Kapitän hielt das nicht für ratsam. Es würde nichts bringen, denn jedes Schiff in ihrer Nähe hatte bei diesem Sturm und mit diesem Seegang genug mit sich selbst zu tun – also die, die überhaupt noch schwammen.

»Warten wir noch ein bisschen. Mal sehen, was passiert«, sagte er.

\*

Die Männer waren bereits müde gewesen, als das Unwetter am Samstag, dem siebten Februar, begann, hatten sie sich doch in den Tagen und Nächten zuvor beim Fangen und Verladen des Rotbarschs komplett verausgabt. Doch auch danach konnten sie sich kaum ausruhen, da der Kapitän befohlen hatte, dass jeder nur zwei Stunden Pause bekam, bis alles vorbei war. Mittlerweile war bereits ein guter Teil des Sonntags, des achten Februars vergangen, ohne dass Frost, Sturm oder Seegang nachgelassen hätten. Berghohe Wellen erhoben sich rund um das Schiff, gingen wieder nieder und brachen zusammen.

Die Männer mussten natürlich essen, um die Kraft zu haben, weiter um ihr Leben zu kämpfen. Der Koch kochte das Beste und Gehaltvollste, was die Schiffsküche hergab. Die Hammel- und Schweinehälften wurden aus der Kühlkammer geholt und zerhackt, gebraten und gebacken, in den Pfannen, im Ofen, so viel wie ging, und dann in Schüsseln auf die Tische der Messe gestellt, so dass die Männer mit den Fingern zulangen konnten, weil es so am schnellsten ging. Dazu gab es schüsselweise dampfende ungepellte Kartoffeln und einen niemals abreißenden Strom von frisch gebrühtem Kaffee. Die Männer kamen durchgefroren vom Deck, einige zogen nicht einmal ihr Ölzeug aus, griffen einfach eine Keule, ein Kotelett, ein Bratenstück, aßen es direkt aus der Hand, stopften einige heiße Kartoffeln hinterher, stürzten einen Becher Kaffee herunter, dann ging es auch schon wieder hinaus in das Unwetter. Natürlich mussten die Männer auch ihre Notdurft verrichten, doch die Toiletten unter Deck waren eingefroren, nur im Ruderhaus gab es noch eine, die nun alle benutzten, eine kleine Kabine, die direkt an den Schornstein herangebaut war, sodass die Männer aufpassen mussten, sich an dem heißen Blech nicht den Hintern zu verbrennen. Dafür war es da wenigstens schön warm.

Natürlich hatte man auch den Männern im Ruderhaus mitgeteilt, dass es in der Messe jede Menge warmes Essen gab, und die meisten gingen rasch hinunter, nur der Kapitän wich nicht von seinem Platz an dem Fenster mit der zerborstenen Scheibe und dem Maschinentelegrafen, stand da, trank Kaffee, rauchte und nahm Schnupftabak. Irgendwann brachte der Schiffskoch ihm höchstpersönlich ein Bratenstück aus einer Lammschulter, damit der Kapitän ab und zu einen Bissen nehmen konnte, ohne den Blick davon abwenden zu müssen, was auf See vor sich ging.

Natürlich hatten die Männer Angst. Wenn sie draußen bei Frost und Sturm auf das Eis einhackten, konnten sie einen Moment lang versuchen zu vergessen, wie es um sie stand, doch sobald sie sich drinnen einen Moment hinsetzten und ausruhten, kam die Angst zurück. Der Erste, den es richtig erwischte, war ein Matrose, er zitterte in der Messe auf einmal so heftig, dass er fast das Bewusstsein verlor, und als er aufstehen wollte, versagten seine Beine. Er fiel einfach zu Boden, sodass den anderen nichts Besseres einfiel, als ihn in eine Koje zu legen. Niemand weinte. Einer jedoch setzte sich in die Messe und fing plötzlich an zu lachen, lachte und lachte, bis er einen Hustenanfall bekam, dann ging sein Lachen in Heulen über, er heulte vor Lachen. Für die andern war das kaum auszuhalten, denn sie fühlten sich vollkommen hilflos. Wenn jemand weinte, konnte man ihn trösten, ihm zumindest Mut zusprechen – was machte man aber mit jemandem, der lachte? Es war ja schließlich kein ansteckendes Lachen, niemand lachte mit. Irgendwann hörte er einfach auf, setzte zur großen Erleichterung aller seine Wollmütze auf, zog den Südwester darüber und ging wieder hinaus, um weiter Eis abzuschlagen. Wer in sein Gesicht sah, konnte den Eindruck gewinnen, dass er sich schämte.

Auch der Bootsmann spürte, wie nah ihnen der Tod war, und wunderte sich, wie sehr ihn das erschreckte, schließlich hatte er sich erst einige Wochen zuvor nichts sehnlicher gewünscht, als tot zu sein, und sogar aktiv darauf hingearbeitet. Dann fiel ihm ein, dass er einzig und allein deshalb nicht weiter ins Meer hinausgewatet war, weil ihn die Vorstellung, dass dieses kalte, salzige Wasser sein Leben beenden würde, angewidert hatte, und jetzt drohte ihm genau dasselbe, ein elendes, ekelhaftes Ertrinken – und dagegen anzukämpfen war Grund genug, also schlug er wie ein Besessener mit dem Vorschlaghammer auf das Eis ein. Er kam gut voran, nur bekam er davon Schmerzen am ganzen Körper, denn der Hammer war sehr schwer. Doch davon ließ er sich nicht aufhalten, es hieß, die

Zähne zusammenzubeißen, sonst starben sie bald alle in der eiskalten See. Der junge Lárus beschloss, dem Bootsmann überallhin zu folgen, denn dann wusste er, dass er am richtigen Ort war, das Richtige tat. Der Bootsmann war nun einmal der stärkste und tüchtigste Mann an Bord, und wenn Lárus ihm folgte, zeigte er den anderen, dass auch er tüchtig war, das hoffte er zumindest. Er folgte dem Bootsmann sogar, wenn der zum Essen unter Deck ging. Sie ließen ihr Ölzeug an der Tür, setzten sich, schlangen einige Fleischstücke herunter, die direkt aus der Pfanne kamen, nahmen sich Kartoffeln, kippten ein Glas Milch, einen Becher Kaffee herunter – und genau da fiel dem Bootsmann auf, dass der Junge das Milchglas mit beiden Händen halten musste und trotzdem nicht verbergen konnte, wie sehr er zitterte.

»Da kriegt man ganz schön Angst, oder?«, sagte der Bootsmann, und als Lárus etwas antworten wollte, merkte er, wie seine Stimme versagte. Überrascht davon, dass sich plötzlich jemand um ihn kümmerte, bekam er einen Kloß im Hals und musste mehrfach schlucken, bevor er mit einigermaßen fester Stimme sagen konnte, man solle sich vielleicht doch einfach in die Koje legen, dann schlafe man zumindest, wenn der Tod einen holte.

»Der weckt dich schon vorher auf«, sagte der Bootsmann mit einem kalten Grinsen. »Ich jedenfalls will nicht eingesperrt sein und darauf warten, dass das kalte Wasser einbricht. Wenn ich eine Ratte wäre, würde ich mich ja auch nicht in einem Loch ertränken lassen wollen.«

Lárus ging auf die Toilette beim Ruderhaus. Der Bootsmann kam wenig später, um sich mit dem Kapitän und dem zweiten Steuermann zu beraten, und sie waren sich schnell einig, dass sie nun wirklich versuchen mussten, die riesige Eiskappe auf der Back loszuwerden. Das Schiff machte nur noch sehr träge Bewegungen, wenn es von Backbord nach Steuerbord und wieder zurück rollte. Tauchte es in eine Welle ein, kam es erst wieder heraus, wenn schon Wasser über das Schanzkleid floss und gegen die Aufbauten schwappte. Der zweite Steuermann und der Bootsmann wollten höchstpersönlich nach vorn zur Back gehen, und gerade in dem Moment, als sie darüber sprachen, dass sie noch zwei weitere Männer brauchten, kam Lárus von der Toilette und meldete sich sofort. Der zweite Steuermann wollte widersprechen, fand vielleicht, Lárus sei zu jung und unerfahren, doch der Bootsmann sagte: »Dem vertraue ich.«

Zusammen mit einem vierten Mann wagten sie sich hinaus auf den vereisten Bug. Das Tageslicht war hell genug, aber der Kapitän schaltete dennoch alle Lampen an, die funktionierten. Die See überspülte weiterhin den Bug und floss aufs Deck, und der Kapitän steuerte nach wie vor direkt in die Wellen, wenn auch mit gedrosselter Geschwindigkeit. Im Ruderhaus hielten alle Ausschau nach Brechern, um die Männer am Bug so rechtzeitig zu warnen, dass sie sich noch festhalten konnten.

Zuerst mussten sie die Stufen freiklopfen, die auf die Back führten. Bald lösten sich auch schon Eisstücke, die so groß waren, dass man sie festhalten und in kleinere Stücke zerhacken musste, damit sie durch die Speigatten über Bord gespült werden konnten. Langsam arbeiteten sie sich auf die Back vor, wo es kaum noch eine Möglichkeit gab, sich festzuhalten. Sie versuchten, sich notdürftig zu sichern, indem sie sich mit einer Hand an irgendeiner gerade freigeklopften Stelle festhielten und mit der anderen auf das Eis einschlugen. Lárus und der andere Matrose hatten Äxte, der Bootsmann und der zweite Steuermann

Hämmer. Irgendwann hatten sie die große Eiskappe auf der Back erreicht und bisher zumindest keinen Brecher abbekommen, nur Spritzer von Gischt. Sie mussten jetzt schnell sein, und sie bemerkten sofort, dass ihre Arbeit Erfolg brachte, jeder Hieb löste große Brocken, und Stück für Stück sahen sie unter dem Eispanzer schon wieder die Farbe hervorscheinen, in der das Schiff lackiert war.

Sie schlugen auf das Eis ein, alle vier, und als ihnen klar wurde, dass sie eine echte Chance hatten, das so übermächtig erscheinende Eis loszuwerden, von dem sie eben noch dachten, es würde sie unweigerlich auf den Grund des Meeres ziehen, wurden sie unvorsichtig. Und obwohl der Kapitän eine so kräftige Stimme hatte, dass man sagte, sein Ruf könne eine ganze Fischereiflotte kommandieren, überhörten sie in dem Lärm, den sie mit ihren Werkzeugen machten, die Warnung vor dem Brecher, der nun über sie hereinbrach und sie mit der Wucht einer Lawine traf.

Der zweite Steuermann stürzte mit dem Rücken zuerst auf das Deck, schlug gegen eine Relingstütze und wurde dort eingeklemmt. Der Bootsmann und der andere Matrose konnten sich gerade noch irgendwo festhalten, doch Lárus, der sich am weitesten vorgewagt hatte, fand keinen Halt. Er spürte noch, wie er ins Leere griff, da fühlte er auch schon den eiskalten Strom, der mit ungeheurer Kraft an ihm zerrte. Noch eine, zwei, drei Sekunden, und er wäre irgendwo da draußen gelandet, in der aufgewühlten See, da merkte er, wie ihn etwas packte, wie jemand ihn packte, hinten an dem Kragen seines Ölzeugs. Der Kragen zog sich um seinen Hals zusammen, sodass alle Nähte krachten, und für einen Augenblick dachte er, er würde entweder ersticken, oder der Kragen würde reißen. Um ihn herum ein Ächzen und Krachen, so blieb es für eine furchtbar lange Zeit, in der die Natur ihn mit aller Kraft in Richtung Meer zog und eine einzige Faust ihn zurückhielt. »Und ich wiege über achtzig Kilo...«

Endlich war der Brecher über sie hinweggegangen, und sie waren alle noch an Bord. Von achtern kamen andere Männer, um sich um die vier zu kümmern. Drei von ihnen sagten gleich, es sei ihnen nichts passiert, wobei Lárus derart hustete, dass ihn eigentlich niemand verstand. Der zweite Steuermann jedoch lag bewusstlos an Deck. Alle wussten, wie gefährlich es sein konnte, jemanden zu bewegen, der auf den Rücken gefallen war, denn er könnte sich an der Wirbelsäule verletzt haben, und dann wäre es das Beste, ihn dort zu lassen, wo er war, bis ein Arzt oder ein Sanitäter kam, doch darauf konnte man hier nicht hoffen. Ganz im Gegenteil, sie wussten nie, wann der nächste Brecher anrollte, also blieb ihnen keine andere Wahl, als ihn auf der kürzestmöglichen Strecke in eine der Kabinen unter der Back zu bringen, ihm die nasse Kleidung auszuziehen und ihn mit Decken zu wärmen. Er stammelte etwas, tot war er also nicht.

Die anderen, die auf der Back gewesen waren, wurden unter Deck gerufen, schließlich hatte die eiskalte See sie bis auf die Knochen durchnässt. In der Messe halfen die anderen Lárus aus seinem Ölzeug. Man sah ihm an, wie sehr ihn das alles mitgenommen hatte, dennoch versuchte er, so zu tun, als wäre alles in Ordnung. Der Bootsmann hatte Schwierigkeiten, den Arbeitshandschuh auszuziehen, den er an der Hand trug, mit der er Lárus gerade noch am Kragen zu fassen bekommen hatte; schließlich gab er auf und tat das, was er sonst tunlichst vermied, er bat um Hilfe. Er bekam diesen Gummihandschuh einfach nicht ab, doch auch die anderen schafften es nicht und mussten ihn schließlich aufschneiden, weil die Hand des Bootsmanns so verkrümmt war. Unter allen Fingernägeln trat Blut heraus, und diese mächtige Hand ähnelte nun auf merkwürdige Weise den Klauen eines Greifvogels.

Der Bootsmann sah seine Hand verwundert an und sagte: »Bringt ganz schön was auf die Waage, der Junge.«

Der zweite Steuermann lag schwer verletzt allein in der Kabine im Bug. Die Männer versuchten, ab und zu nach ihm zu sehen, doch ihn nach achtern zu den anderen zu bringen kam nicht infrage. Als sie ihn vorsichtig untersuchten, konnte er zumindest die Arme und Beine sowie Finger und Zehen ein wenig bewegen, und das erleichterte ihn natürlich ungemein, da er wusste, was es bedeutet hätte, wenn er das nicht könnte. Doch seine Schmerzen mussten enorm sein, und wenn er hustete, spuckte er Blut.

Der Kapitän sagte dem Funker, er solle jetzt doch einen Funkspruch absetzen und melden, dass sie, abgesehen von dem Sturm und dem vereisten Schiff, auch einen Schwerverletzten an Bord hatten und Rat brauchten, wie man mit dessen Verletzungen umging. Der Funker blieb lange in seiner Kabine und sprach und morste ohne Pause. Erst schickte er eine allgemeine Nachricht über die Notfallfrequenz: Sind in Seenot, haben beide

Rettungsboote verloren, Schiff vereist immer mehr, haben Schlagseite, ein Mann schwer verletzt. Dann versuchte der Funker, die Reederei in Island zu erreichen, und kam mit der Antwort zurück, man solle dem Verletzten Morphium geben, aus der Medikamentenkiste an Bord. Außerdem hatte der Funker Kontakt zu einigen anderen isländischen Trawlern hergestellt, die ebenfalls vor Neufundland waren. Die *Eyfirðingur* habe ebenfalls große Probleme mit Eis gehabt, sei aber nun weiter südlich, wo die See nicht mehr ganz so kalt war, außerdem habe die *Eyfirðingur* noch eine Dampfmaschine, keinen Dieselmotor, sodass sie kochendes Wasser aus dem Kessel nutzen konnten, um das Eis zu schmelzen. Die *Garpur* war zu weit von ihnen entfernt, die *Póseidon* hingegen war erst vor Kurzem im Fanggebiet angekommen und hatte kaum Fisch geladen, lag also nicht so tief im Meer und wurde daher seltener überspült. Die *Póseidon* versuchte, die genaue Position der *Mávur* zu ermitteln, und würde sich dann auf den Weg zu ihnen machen.

In der Medikamentenkiste war kein Morphium. Niemand wusste, wer es entnommen hatte oder wann. Aber im Schrank des Kapitäns waren eine Flasche Cognac und Schmerztabletten, damit ging der erste Steuermann nach vorn, um den Verletzten etwas aufzumuntern.

\*

Natürlich hoffte jeder, dass der Sturm sich bald legen würde, was allen Naturgesetzen nach irgendwann passieren musste. Jeder Sturm ist irgendwann vorbei, lautete ein Sprichwort, und inzwischen war Sonntagabend, also tobte das Unwetter bereits mehr als anderthalb Tage. Alle waren vollkommen erschöpft. Dann funktionierte nicht einmal mehr das Funkgerät. Als sie auf das Dach des Ruderhauses sahen, stellten sie fest, dass eine Antenne von dem Eis hinuntergedrückt worden war und die andere auf der Hälfte abgebrochen. Der Funker zog sich so warm wie möglich an und kletterte auf das Ruderhausdach, während drei Matrosen ihn festhielten. Sie schafften es, das Radar von Eis zu befreien, sodass es sich wieder drehte, sogar die Antennen konnte der Funker wieder aufrichten. Als er wieder unten war und das Funkgerät wieder seinen Dienst tat, hörten sie einen Wetterbericht für die Gewässer vor Neufundland: Für die nächsten 24 Stunden war nicht mit Besserung zu rechnen. Immer nur derselbe wütende Sturm aus Nordwest. Vielleicht konnte man die Vorhersage so deuten, dass die Windgeschwindigkeit ein wenig zurückging, doch dafür schien der Frost eher noch heftiger zu werden, minus vierzehn bis minus achtzehn Grad.

Der Kapitän dachte nach. Alle an Bord waren am Ende ihrer Kräfte, im Maschinenraum, in der Schiffsküche und auch im Ruderhaus, aber mehr als alles andere litten die Männer, die bei diesem heftigen Frost draußen gegen das Eis kämpften, die sich schon beim Verstauen des Fangs verausgabt und seitdem fast keine Ruhe bekommen, ja kaum einmal das Ölzeug ausgezogen hatten. Und selbst wenn sie so weiterkämpfen könnten wie bisher, würde die See das Schiff auch weiterhin überspülen und auch die Back, die die Männer so überraschend erfolgreich vom Eis befreit hatten. Aber es würde wieder überfrieren, tatsächlich ging es schon wieder los, und es hätte einen hartherzigeren Kapitän gebraucht als den Kommandanten der *Mávur*, der seine Männer noch einmal in eine solche Gefahr schicken würde, lag doch jetzt schon einer schwerverletzt mit starken Schmerzen in der Koje, ein anderer war nur durch ein Wunder nicht über Bord gegangen, und ein Dritter hatte sich bei dieser Rettungsaktion schwer an der Hand verletzt. Wenn das noch mindestens einen ganzen Tag so weiterging, war es wohl doch ihre einzige Hoffnung, umzudrehen, um in wärmere Gewässer zu kommen, dorthin, wo die *Eyfirðingur* war, zehn bis zwölf Stunden Fahrt, vielleicht sogar nur acht, wenn alles gut ging.

Eine Wende des Schiffes bei diesem Seegang musste gut vorbereitet sein. Erneut wurden Männer nach draußen geschickt, um besonders achtern auf dem Bootsdeck so viel Eis loszuschlagen wie möglich, solange sie dort hinten noch einigermaßen windgeschützt waren. Der Kapitän überlegte, ob das Schiff vielleicht nicht ganz so träge wäre, wenn sie vor dem Wind fuhren, eigentlich müsste es sich doch schneller wieder aufrichten, jetzt, wo die schweren Rettungsboote über Bord waren.

Er wies die Maschinisten an, sich bereitzuhalten, falls sie abrupt das Tempo drosseln oder sogar rückwärtsfahren mussten. Dann wurde am Heck alles so sicher verschlossen, wie es nur ging. Der erste Steuermann ging selbst an das Steuer. Dann ließ der Kapitän die Fahrt erhöhen und das Schiff über Steuerbord drehen. Wer nach draußen in die Wellen blickte, konnte sehen, wie das Schiff drehte, andere glaubten es zu spüren. Der Steuermann ließ den Kompass nicht aus den Augen, dessen Nadel über den nördlichsten Punkt hinauswanderte, auf dem sowohl 360 Grad als auch 0 Grad stand, dann langsam weiter in Richtung Osten ging, und als sie schon über den östlichsten Punkt hinaus war, bei ungefähr 110 bis 120 Grad, knallte eine riesige Welle an Backbord gegen das Schiff, das sofort extreme Schlagseite bekam. Alle, die sich nicht sofort irgendwo festhalten konnten, fielen um. Seewasser schlug gegen das Ruderhaus, schoss eiskalt durch das Fenster herein an dem der Kapitän seit gestern Morgen stand, und spritzte unter der Holztür hindurch, die auf die Nock führte.

Der Steuermann verlor die Kontrolle über die Bewegungen des Schiffes. Es drehte sich einfach weiter, vor dem Sturm, bis der Bug genau nach Süden zeigte, wobei vom vorderen Teil des Schiffes eigentlich nur noch der Vordermast und der Galgen auf der Backbordseite aus der tosenden See herausragten, sodass jeder an Bord dachte, ihr letztes Stündlein hätte geschlagen.

In der Koje unter der Back warf es den verletzten zweiten Steuermann aus der Koje auf den

Boden. Dort lag er bei vollem oder sogar durch die Schmerzen noch gesteigerten Bewusstsein und hörte, wie es um ihn herum still wurde, und zwar auf eine Art, wie er es vom Schwimmen her kannte, wenn man unter Wasser tauchte – alles klang dumpf, gedämpft. Der zweite Steuermann sah sein Leben an sich vorbeiziehen – das ist also tatsächlich so, dachte er –, und er sah seine Frau und seine Kinder vor sich. Er beschloss, auf seinem Weg in die Ewigkeit alles aufzusagen, was er an Bibelsprüchen und Gebeten kannte, vielleicht würde seine Familie zu Hause in Kópavogur es irgendwie hören oder spüren.

Mittlerweile war es Sonntagabend, am achten Februar. Der Funker wollte als letzte Tat noch einen Notruf absetzen, auch wenn der nur den Zweck hätte, dass die Außenwelt erfuhr, dass es sie nicht mehr gab, doch es hatte ihn auf den Boden geworfen, und er konnte das Funkgerät nicht erreichen, ganz abgesehen davon war es auch schon wieder ausgefallen.

Unten im Maschinenraum hielten sich die Männer an allem fest, was sich ihnen bot, und wahrscheinlich hätte man ihre Schreckensschreie gehört, wenn der Lärm der Maschine nicht alles übertönt hätte. Der Chefmechaniker und der dritte Maschinist hatten sich in der Nähe des Maschinentelegrafen angeleint, um sofort auf Kommandos aus dem Ruderhaus reagieren zu können. Oben im Ruderhaus blickte der Kapitän wieder durch das Fenster mit der zerborstenen Scheibe, durch das noch immer Seewasser spritzte, und musste mitansehen, wie der vordere Teil des Schiffes immer tiefer in einer Wand aus Wellen verschwand. Es ging nach unten. Er packte den Hebel des Maschinentelegrafen und setzte die Maschine auf volle Kraft zurück, auch das war etwas, was man nur im äußersten Notfall tat. Volle Kraft hieß eigentlich: 84 Umdrehungen, er befahl 105. Irgendwas musste er doch tun. Er schrie den Befehl auch durch das Kupferrohr; noch funktionierte die Maschine, er hoffte nur, dass diese Notfallaktion sie nicht kaputt machte. Dort unten war ein Neigungsmesser, der so weit ausgeschlagen hatte, dass er nun bei sechzig Grad feststeckte. Alle wussten: Von der nächsten Bewegung des Schiffes hing es ob, so sie leben würden oder nicht. Wo ging es hin?

Bald hörten und spürten sie, dass der Propeller in die andere Richtung drehte. Zurück. Und sobald der Kapitän spürte, dass sie aus den Wellen hinausfuhren, anstatt weiter in Richtung Meeresgrund abzutauchen, gab er das Kommando: »Volle Fahrt voraus! Auch die Notreserve!« Da neigte der Bug sich wieder ein wenig in Richtung Backbord, träge zuerst, doch dann mehr und mehr, bis er wieder in Richtung Wetter und Wind wies. Der Kapitän befahl, die Fahrt zu verlangsamen, sie waren noch immer am Leben, noch immer an der Oberfläche der See.

*

Dass es damit noch nicht vorbei war, wussten sie alle. Noch immer hing über ihnen ein Damoklesschwert, überall um sie herum waren Schiffe gesunken, warum sollte die *Mávur* nicht das nächste sein? Früher am Abend hatte der Passagierdampfer *Queen Elizabeth*, der auch in diesem Gebiet unterwegs war, von Wellen bis zu 18 Metern Höhe berichtet, die bei diesem riesigen Schiff Fenster auf der Kommandobrücke herausgeschlagen hatten, und das, obwohl die *Queen Elizabeth* weiter südlich unterwegs war. Alle an Bord der *Mávur* waren erschöpft, doch es gab keine andere Wahl, als den Kampf mit dem Unwetter und dem Eis weiterzuführen, der vielen auch jetzt noch aussichtslos erschien.

In der Schiffsküche gaben sie fast ohne Unterbrechung warmes Essen aus. Der Schiffskoch hatte früher am Abend beschlossen, eine kräftige Hammelsuppe zu kochen, mit jeder Menge Fleisch und Brühe, Steckrüben, Mohrrüben, Kräutern und Reis, doch nach der Wende und den Wellen, die das Schiff beinahe versenkt hätten, war das meiste davon auf dem Boden gelandet. Sie retteten das Fleisch und die gesottenen Rüben und servierten sie dampfend heiß in der Messe. Die Männer stachen Messer oder Gabeln in die einzelnen Stücke oder aßen sie direkt mit den Fingern, das gab ihnen Kraft, besonders die fetten Stücke.

Danach zogen die Männer ihre wärmsten Sachen wieder an – es war damals üblich, das ausknöpfbare Fell-Innenfutter aus Parkas unter dem Ölzeug zu tragen – und gingen hinaus in die dunkle Sturmeskälte, Eis abschlagen von dem Schiff, das ganz eindeutig schon wieder schwerer wurde und damit träger, schon wieder länger brauchte, um sich aus einer Seitenlage gerade auszurichten. Hörte das denn nie auf? Alle wussten, dass bei einer solchen Schlagseite wenige zusätzliche Kilogramm ausreichen, und der Kiel des Schiffes würde nicht mehr unten sein, sondern oben.

Die Männer bekamen noch immer nur zwei Stunden Ruhe pro Tag, einige schliefen ein, sobald sie sich hingesetzt hatten, manche sogar noch mit halb zerkautem Essen im Mund, schliefen ein und rührten sich nicht einmal, wenn ihnen der Kopf an die Wand kippte oder nach vorn auf die Tischplatte fiel, bis man sie bald wieder wachrüttelte mit den Worten, das Eis gehe nicht davon weg, dass sie hier schliefen. Manche verschwanden und wurden in Kojen gefunden, zusammengerollt, verwirrt und weinend, doch auch sie wurden wieder an die Arbeit geschickt. Ein Matrose saß eine lange Zeit in der Messe und faselte sinnlose Dinge über Monsterkatzen und Wassergeister, rauchte Kette und trank Kaffee, die ganzen zwei Stunden seiner Ruhezeit oder länger. »Er hat den Verstand verloren«, sagte jemand.

Man beschloss, ihm auf die Beine zu helfen, damit er zumindest eine Ruderwache übernehmen könnte, sobald klar war, dass er an Deck nicht mehr zu gebrauchen war. Doch dieser Plan erwies sich als nutzlos oder sogar schädlich, denn dort am Steuer folgte der Matrose keinen Anweisungen, brabbelte nur immer wieder die gleichen Sätze über seine Monsterkatzen vor sich hin und starrte mit totem Blick in die Ferne. Und dann sah es so aus, als hätte er sich in die Hosen gemacht. Als die anderen im Ruderhaus versuchten, das Steuer zu drehen, um den Kurs zu halten, stellten sie fest, dass er sich so sehr daran festklammerte, dass sie seinen Griff mühsam, Finger um Finger lösen mussten. Sie legten ihn einfach auf den Boden.

Obwohl er weiterhin heftig zitterte, konnte der junge Lárus etwas schlafen, schreckte aber hoch, als sie versuchten zu drehen und das Schiff diese starke Schlagseite bekam. Sobald er sich einigermaßen orientiert hatte, zog er sich schweigend trockene Sachen an, fand ein Ölzeug, das von innen nass und glitschig war und so eng, dass Lárus einen Moment lang nicht die Ärmel fand und in diesem großen, aber doch so engen Kleidungsstück feststeckte – unfähig, sich zu bewegen in der Dunkelheit, in der verbrauchten, stickigen Luft. So fühlt es sich an, wenn man ertrinkt, schoss es ihm in den Kopf, doch dann fand er einen Weg, seine Hände fanden die Ärmel, der Kopf fand am Kragen hinaus, und er sog gierig die Luft ein. Dann noch die klammen Arbeitshandschuhe, eine Axt und wieder hoch aufs Bootsdeck, Eis abschlagen.

Die Davits, die Halterungen ihrer längst aufgegebenen Rettungsboote, waren natürlich noch da, große schwere Stahlteile, zwei auf jeder Seite, um die sich jede Menge Eis sammelte. Sie rackerten sich den größten Teil der Nacht ab, um das Eis loszuschlagen, jedoch ohne sichtliche Fortschritte. Andere warfen über Bord, was sich losmachen ließ, Stahlseile, Netze, Körbe, Wannen, Antennen, Angelgerät, alles, an dem sich Eis sammeln konnte. Der Bootsmann hatte sich die Fingernägel mit Wundpflastern umwickelt, sodass unter ihnen kein Blut mehr hervorkam, und dann alle Finger der Hand mit Heftpflaster zusammengebunden, so taten sie weniger weh. Er hatte sich mit aller Kraft festgehalten, als die *Mávur* vorhin so heftige Schlagseite bekam, und als das Schiff sich wieder aufgerichtet hatte, wunderte er sich abermals darüber, wie wichtig ihm sein Leben plötzlich war. Jetzt, wo er es geschafft hatte, dem jungen Lárus das Leben zu retten, wäre es wirklich schade, wenn sie hier sang- und klanglos untergingen, dachte er, das hätte sich dann ja gar nicht gelohnt. Es hatte also irgendwie etwas Gutes, vorhin auf der Back überlebt zu haben, trotz der verletzten Hand und dem ganzen Rest. Dann wurde der Bootsmann ins Ruderhaus gerufen und gefragt, ob er mit der verletzten Hand steuern könne, sie brauchten jemanden anstelle des Matrosen, der den Verstand verloren hatte. Der Bootsmann traute sich das auf jeden Fall zu, das mit der Hand, das sei doch nichts, er könne auch weiter Eis hacken, so krumm wie sie war, eigne sie sich sogar noch besser dafür, sagte er und zeigte dem Kapitän, wie er sie verbunden hatte. Auch der belesene Funker war im Ruderhaus, und der Bootsmann fragte ihn, wie das noch einmal gewesen sei, ob Leif Eriksson den Beinamen Leif der Glückliche bekommen habe, weil er als erster Europäer nach Amerika gesegelt war, oder nach Vínland, wie sie es in der Wikingerzeit genannt hatten? Der Funker, der immer gern über solche Sachen sprach, verneinte, so sei das nicht gewesen, Leif Eriksson habe seinen Beinamen bekommen, weil er Menschen aus Seenot gerettet habe. Übrigens gar nicht weit von hier entfernt, südwestlich von Grönland, wenn er es richtig erinnere. Anderen Menschen das Leben retten zu dürfen – das habe man damals als Zeichen gesehen, dass das Schicksal es gut mit einem meinte. Der Bootsmann nickte – so hatte er es nämlich auch erinnert.

Der Funker hatte sich fein gemacht und eine

Krawatte umgebunden. Wenn er jetzt vor seinen Schöpfer treten müsse, hatte er gesagt, wolle er zumindest anständig aussehen. Der Kapitän fand das nicht lustig. Er verzog keine Miene, wollte auf keinen Fall den Eindruck erwecken, er hätte das Schiff abgeschrieben, und er verabscheute es, wenn andere so daherredeten. Doch sie taten es trotzdem – wenn der erste und zweite Schiffskoch ihre Tabletts, die sich vor warmem Essen bogen, in die Messe stellten, sagten auch sie jedem, der es hören wollte: »Wenn wir schon draufgehen, dann wenigstens nicht mit leerem Magen.«

Als der Montagmorgen anbrach, hatte der Frost noch immer nicht nachgelassen, der Sturm hingegen erschien ihnen weniger stark als zuvor. Doch diese Hoffnung erwies sich bald als trügerisch. Es dauerte nicht lange, und das Unwetter war mit voller Kraft zurück, schleuderte Welle um Welle gegen das schwere, träge Schiff. Nun fielen auch immer mehr Männer aus, waren seelisch am Ende, konnten nicht mehr arbeiten, sprachen mit sich selbst. Ihnen wurde gesagt, sie sollten sich in die Kojen legen und schlafen, aber den Wenigsten gelang das. In der Schiffsküche hatten sie in der Nacht das ganze geräucherte Schweinefleisch gebraten, Berge davon standen auf den Tischen in der Messe, dazu flaschenweise kalte Milch – und natürlich Kaffee –, und auch Pökelfleisch hatten sie aus den Fässern genommen und im Ofen gebacken; das war viel praktischer, als es in großen Pötten zu kochen, wenn das Schiff so schwankte.

Im Maschinenraum war der jüngere Schmierer ausgefallen, also kam der Chefmaschinist nach oben ins Ruderhaus, um sich mit dem Kapitän zu beraten. Wie gesagt, die Davits, die die Rettungsboote gehalten hatten, waren ein großes Problem: Zwei backbord und zwei steuerbord, sie waren aus Stahl, wogen pro Stück etwa zwei Tonnen, doch das Eis, das an ihnen festgefroren war, ließ ihr Gewicht mindestens auf das Doppelte anwachsen. Der Chefmaschinist meinte, man könnte sie vielleicht abtrennen, genug Gas für den Schweißbrenner hatten sie auf jeden Fall noch. Das wäre natürlich eine ebenso gefährliche wie schwere Aufgabe, doch in ihrer Lage war eigentlich alles, was sie taten, gefährlich und schwer.

Der Bootsmann kam wieder in das Ruderhaus. Nach seiner Ruderwache war er hinaus an Deck gegangen und hatte mit dem Vorschlaghammer Eis geklopft, jedoch schnell gemerkt, dass seine Hand zu schwach war, um den Schaft fest genug zu umfassen, also machte er sich mit dem Chefmaschinisten daran, Gasflaschen hinaus auf die Nock zu schleppen. Der Chefmaschinist bereitete den Schweißbrenner vor, der Bootsmann band ein Seil um seine Taille, befestigte es an der Reling, stellte sich in den Vorbau der Tür, die hinein ins Ruderhaus führte, und hielt Ausschau nach Brechern. Er hielt auch das Seil fest, mit dem der Chefmaschinist angebunden war, nur für den Fall der Fälle. An dem hinteren Davit an Steuerbord hatten andere Männer unten herum das Eis abgeschlagen. Das Schiff reagierte jetzt manchmal wie ein Eisberg, der sich schon allein deswegen weit zu einer Seite neigen konnte, weil auf seiner Oberseite etwas anfror oder auf seiner Unterseite etwas taute.

Der junge Chefmaschinist legte sich auf das vereiste Deck und nahm den Schweißbrenner in Betrieb, ohne Schutzbrille, ohne Maske. Es war ihm, als er müsste er gefrorenes Fleisch mit einem stumpfen Messer schneiden, doch irgendwie kam er voran.

Der Kapitän merkte immer wieder, wie erschöpft er war. Seine Knie und Hüften schmerzten, sein Magen tat weh und ebenso sein Kopf. Die beste Medizin dagegen, das hatte er herausgefunden, war Tabak, Zigaretten ebenso wie Schnupftabak, und er brauchte rund um die Uhr Kaffee, um einen klaren Kopf zu behalten, so klar, wie es eben ging. Es gab keine andere Lösung, er musste dort stehen bleiben, bis alles vorbei war, am Maschinentelegrafen, am Fenster. Nur auf die Toilette ging er ab und zu und war dann sofort wieder an seinem Platz, sah hinaus in das Unwetter, beobachtete die berghohen Wellen. Einmal sichteten sie ein großes Schiff, das langsam und auch bei diesem Sturm sehr sicher fuhr, ein russisches Fabrikschiff, wie sie bald erkannten, bei dem die russischen Trawler ihren Fang abluden, wo er an Ort und Stelle zu Lebertran und Fischmehl verarbeitet wurde. Der Kapitän fragte den Funker, ob sie versuchen sollten, mit den Russen Kontakt aufzunehmen, doch es klappte nicht, denn der Funker kannte ihr Rufzeichen nicht und zweifelte ohnehin daran, dass sie Englisch sprachen. Hinzu kam, dass niemand wusste, was man sagen sollte, keiner hatte eine Idee, wie die Russen ihnen helfen könnten. Und doch hatten sie im Ruderhaus den Eindruck, als hätten die Russen sie auch bemerkt, als hätten sie diesen viel zu tief im Wasser liegenden isländischen Trawler gesehen, der sich halb versunken mit Schlagseite durch die Wellen kämpfte. Aber dann waren die Russen in der Schwärze verschwunden und die Männer auf der *Mávur* wieder allein auf der Welt.

Ihr Leben hing davon ab, dass es ihnen gelingen würde, die Davits abzutrennen, das wussten sie. Der Chefmaschinist war nun schon eine Stunde am Werk und nicht einmal mit dem ersten Träger fertig. Er musste allerdings auch immer wieder Pausen machen, wenn der Bootsmann ihn von seinem Türvorbau aus vor herannahenden Brechern warnte, woraufhin der Chefmaschinist mit seiner Ausrüstung zu ihm floh und abwartete, bis der Brecher über sie hinweggegangen war. Mit dem ersten Davit war er immerhin schon relativ weit. Es war nur eine Frage der Zeit, bis dieses schwere Stahlungetüm durch sein eigenes Gewicht abbrechen würde, und in dem Moment musste das Schiff sich genau zur richtigen Seite neigen, damit der Davit über Bord und ins Meer fiel – und nicht auf das Deck krachte, denn wenn das passierte, wären sie noch schlechter dran.

Dem Bootsmann wurde ein Matrose zur Seite gestellt, sie griffen sich Planken und Bolzen, suchten Halt auf dem vereisten Deck, und als die

*Mávur* zur richtigen Seite rollte, durchtrennte der Chefmaschinist die letzte tragende Verbindung des Davits. Der Bootsmann und der Matrose drückten und schoben, der Stahl gab nach, und der hintere Davit an der Steuerbordseite stürzte ins Meer und sank hinunter, zu den Rotbarschen, auf den Grund.

Eine Pause wäre jetzt gut gewesen, bevor es an die nächste Kraftanstrengung ging, doch dafür war keine Zeit; der Chefmaschinist hatte eine Frau in Reykjavík, die gerade Zwillinge zur Welt gebracht hatte, zwei Weihnachtskinder, die er nicht allein lassen wollte, also bugsierten sie die Gasflasche und den Schweißbrenner nach Backbord und machten dort weiter, wieder an dem hinteren Davit, und die nächsten zwei Stunden stand der Bootsmann nun dort unter dem Vorbau der Tür zum Ruderhaus und wachte über den Chefmaschinisten mit seiner blauen Gasflamme, der sich immer wieder vor Brechern in Sicherheit bringen musste und dann zurück an die Arbeit ging, dieses eine Mal noch, dieses eine Mal.

Alle, die noch aufrecht standen, schlugen auch diesen ganzen Montag lang Eis von dem Schiff ab. Sie hackten und schlugen, selbst wenn ihnen längst nicht mehr nur die Arme furchtbar schmerzten, sondern der ganze Körper. Der Kapitän stand an seinem Fenster im Ruderhaus und beobachtete die Wellen, und wenn er einen Brecher herannahen sah, rief er den Männern zu, sie sollten sich festhalten oder, wenn es nötig war, drinnen in Deckung gehen.

Lárus stand wieder am Steuer. Er konnte sich weder richtig wachhalten noch schlafen, aber er konnte immerhin aufrecht stehen, die Umgebung im Auge behalten und die Hände benutzen. Die Welt um ihn herum war unwirklich geworden, als ob er träumte, alle Stimmen und Geräusche vermischten sich in seinem Kopf zu einem sonderbar schrillen Klang. Auf dem Weg zu seiner Ruderwache hatte Lárus im Kartenraum einen kurzen Blick auf die Seekarte dieses Gebiets vor Neufundland geworfen, aber plötzlich kam es ihm so vor, als betrachtete er eine ganz andere Karte, und zwar von dem Seegebiet, in dem vermutlich die *Titanic* gesunken war, aus dem dänischen oder norwegischen Buch seines Vaters. Oder war das doch dieselbe Karte, dasselbe Seegebiet, vor demselben Land, Neufundland, Nova Scotia, Labrador? Als er am Steuer stand, war ihm, als wäre er in einer anderen Welt, er konnte kaum noch sagen, auf welchem Schiff er sich befand, er rechnete nur noch damit, im nächsten Moment auf den Meeresgrund zu sinken, zu dem Wrack des berühmten Ozeandampfers, er bekäme es zu sehen, wohl als erster Mensch überhaupt, kurz bevor die kalte See ihn erstickte. Den Kurs jedoch hielt er tadellos, das fand auch der Kapitän, und nur das zählte.

Der verletzte zweite Steuermann lag weiterhin in der Koje unter der Back. Man hatte einen Matrosen zu ihm gelegt, der seelisch und körperlich am Ende war. Zuvor hatte er zitternd auf einer Bank in der Messe gelegen und unzusammenhängendes Zeug geredet, und wenn er schon irgendwo herumlag, so dachten die anderen, konnte er das auch dort, wo er dem zweiten Steuermann Gesellschaft leistete, dann wäre der zumindest nicht ganz so allein.

»Guck mal, ob du irgendwas für unseren Verletzten tun kannst. Er darf sich ja nicht bewegen«, hatte man dem Matrosen gesagt, als man ihn zu dem zweiten Steuermann legte, doch der Neuankömmling war dem Verletzten keine große Hilfe, dazu war er selbst viel zu mitgenommen. An diesem Montag wurde der Bug noch zweimal so tief in eine Welle gedrückt, dass das ganze Schiff in

Richtung Meeresgrund steuerte und die beiden Männer im Bug deutlich hörten, dass sie nicht mehr von Luft umgeben waren, sondern nur noch von Wasser. Da gab der Matrose jedes Mal ein Heulen von sich, das zwar nicht laut war, aber dafür so schneidend, dass es alles durchdrang und sich nicht mehr wie ein menschlicher Laut anhörte. Wenn sie rückwärts aus der Welle herausfuhren, erbebte das ganze Schiff, und nachdem sie endlich wieder aufgetaucht waren, schlug der Bug so heftig auf der Meeresoberfläche auf, dass der Matrose laut aufstöhnte und nicht reagierte, wenn man ihn ansprach.

Inzwischen hatte der Chefmaschinist auch den zweiten Davit abgetrennt, und der Kapitän merkte sofort, dass das Schiff besser reagierte. Der Chefmaschinist lag nun schon vier Stunden bei heftigem Frost auf dem Deck und schweißte, dauernd von Wellen bedroht, und doch durfte er sich keine Ruhepause gönnen, denn die beiden vorderen tonnenschweren Davits waren noch da, und um sie herum sammelte sich weiterhin Eis. Der Chefmaschinist und der Bootsmann waren sich einig: Sie mussten auch die vorderen Davits loswerden, solange sie Tageslicht hatten, denn sobald an diesem Montagabend die Dämmerung anbrach, würde es nur schwieriger und gefährlicher werden. Auch dem Kapitän war unwohl bei dem Gedanken an die kommende Nacht, die hoffentlich die letzte in diesem Unwetter sein würde. Glaubte man der Wettervorhersage, würde der Sturm sich im Laufe des Dienstags legen und die Temperatur steigen – bis dahin mussten sie sich irgendwie über Wasser halten.

Der Funker kam ins Ruderhaus. Als der Kapitän sah, dass der Funker noch immer die Krawatte trug, warf er ihm einen bösen Blick zu und überlegte, so etwas zu sagen wie: Wenn du schon diese verdammte Krawatte trägst, könntest du dich auch ruhig mal rasieren und ein bisschen waschen, doch er verkniff es sich lieber. Der Funker meldete, er sei in Kontakt mit der *Póseidon* gewesen, die ihre Position bestimmt habe. Sie seien nicht weit entfernt, kämen zwar nur langsam voran, sollten aber gegen Abend bei ihnen sein. Dann erfuhren sie, dass auch die dritte der vier Rettungsboothalterungen fort war, ein echtes Genie, dieser junge Chefmaschinist, riefen sie sich zu, ein Genie und ein Held.

Die Back war inzwischen wieder so vereist wie zuvor, der Bug wurde immer schwerer, doch der Kapitän wollte nicht noch einmal Männer dort hinausschicken, wenn es sich irgendwie vermeiden ließ, es war bereits mehr als eine glückliche Fügung gewesen, dass nicht gleich zwei seiner Männer dabei umgekommen waren. Er besah sich den Gletscher auf den Winden vor dem Ruderhaus, der inzwischen bis an die Fenster heranreichte und einfach nicht kleiner werden wollte, egal wie viele Männer ihn mit Hämmern bearbeiteten. Sie hatten die Winden fixiert, nachdem die Laderäume voll waren und sie sich klar für die Heimfahrt machten, und deshalb konnten sie die Winden nun nicht einfach in Gang setzen, um das Eis von innen her aufzubrechen. Doch da kam dem Kapitän ein Gedanke: Was, wenn sie es trotzdem versuchten? Auch wenn die Winden sich nur einen oder zwei Zentimeter bewegten, könnte der Gletscher zumindest Risse bekommen. Er fragte den Steuermann, und der stimmte ihm zu. Der Steuermann ging hinunter in den Maschinenraum und sprach mit dem zweiten und dritten Maschinisten. Die hatten beide rote Augen und kaum noch Stimme, meinten jedoch, man könne die Winde wohl einmal kurz in Gang setzen: »Im schlimmsten Fall passiert einfach nichts«, sagte der dritte Maschinist, woraufhin der Steuermann mit drei Matrosen hinaus an

Deck ging, um zu sehen, was geschah, und um bereit zu sein, falls sich wirklich etwas tat. Der Kapitän warf einen Blick in die Wellen und rief erst in das Kupferrohr, dann hinaus aufs Deck: »Los! Jetzt!«

Sie hörten das ihnen so vertraute schleifende Geräusch, mit dem die Winden sich in Bewegung setzten, nur dass es jetzt anders klang, laut zwar, aber gleichzeitig gedämpft, und dann hörten sie unter dem Eis ein lautes Krachen. Der Gletscher brach auseinander. Im Maschinenraum hielten sie die Winden sofort wieder an, draußen platzten riesige Brocken ab, die reinsten Eisschollen, sie rutschten zur Bordseite und blieben dort am Schanzkleid liegen. Nun mussten sie sie zerhacken, damit sie durch die Speigatten über Bord gespült werden konnten, was ein ziemliches Himmelfahrtskommando war, denn das Schiff rollte, die Eisschollen rutschten an Deck herum, und die Männer schlidderten mit ihren Hämmern hinterher. Sie hatten die Eisschollen noch nicht klein genug gehackt, da traf ein erneuter Brecher das Schiff, der Kapitän warnte sie, sie gingen in Deckung, keinem stieß etwas zu.

Als Nächstes machten sie sich daran, die oberen Teile des Eises zu lösen, das über den Winden nun fast lose in der Luft hing und nur deswegen nicht herunterfiel, weil es am Ruderhaus festgefroren war. Auch das war alles andere als leicht und erst recht nicht ungefährlich, denn sie mussten von unten auf das Eis einschlagen, sodass sie jederzeit von dem getroffen werden konnten, was sich löste. Schließlich seilte man zwei Matrosen von oben aus dem Ruderhaus ab, die fast alles Eis entfernen konnten, das Wenige, was übrig blieb, schlugen die Männer an Deck los, bei weiterhin sehr starkem Seegang.

Es dämmerte. Eine weitere Unwetternacht lag vor ihnen. Der Chefmaschinist hatte inzwischen auch den vierten Davit ins Meer befördert. Er hatte sich nichts anmerken lassen, als er da draußen war, doch nun saß er vollkommen steif gefroren in der Messe, unter allen trockenen Decken, die die anderen finden konnten, und er klapperte so mit den Zähnen, dass er nicht einmal etwas essen konnte. Mehr als sieben Stunden hatte er auf dem Eis gelegen, sieben Stunden, in denen seine Welt nicht mehr als eine blaue Flamme gewesen war, die alles fraß und verbrannte, was sich ihr in den Weg stellte.

*

Dann sahen sie Lichter. Ein anderes Schiff. Die *Póseidon* hatte sie erreicht. Die Männer starrten sie an, als erlebten sie ein Wunder, ein Zeichen göttlicher Gnade, so könnte es gewesen sein, als die Jünger sahen, wie ihr Erlöser über das Wasser zu ihnen kam. Sie waren nicht mehr allein auf der Welt, in dieser wütenden See und dem heulenden Sturm. Die Lichter verschwanden und tauchten wieder auf. Die Schiffe waren zwar nicht weit voneinander entfernt, tauchten jedoch immer wieder in tiefe Wellentäler, von Gischt gesättigte Böen erschwerten die Sicht. Die Funker traten in Kontakt, die *Póseidon* meldete, bei ihnen sei alles in Ordnung, das Schiff liege so hoch in der See, dass ihnen das Unwetter keine Probleme bereite, das wenige Eis, das sich trotzdem ansammelte, schlugen sie ohne Probleme ab. Von der *Harpa* hatten auch sie nichts gehört, außer dem, was auch sie für den Beginn eines Notrufs gehalten hatten – und danach nichts mehr von dem Schiff mit seinen dreißig Männern.

Die *Póseidon* wollte an der Seite der *Mávur* bleiben, bis das Unwetter sich gelegt hatte, bald drei Tage waren es jetzt und drei Nächte, bei heftigem Frost und enormen Wellen, aber das konnte nicht ewig so weitergehen. Dann wollten die

Schiffe gemeinsam in wärmere Gewässer fahren und, so Gott wollte, nach Hause zurück. Doch eins war allen klar: Ob sich die *Mávur* bis dahin über Wasser halten würde, war alles andere als sicher.

Sie überlegten, ein Seil zwischen den Schiffen zu spannen und die Besatzung der *Mávur* in einem Rettungsstuhl auf die *Póseidon* zu evakuieren, doch sie sahen schnell, dass das bei diesem Seegang unmöglich war. Lárus stand noch immer am Steuer und war genauso erleichtert darüber wie alle anderen, dass ein anderes Schiff in ihrer Nähe war. Aber ganz bestimmt fragte er sich nicht als Einziger, wie die *Póseidon* ihnen überhaupt helfen könnte, wenn es nötig wäre? Wenn die *Mávur* plötzlich sank, wahrscheinlich nachdem sie gekentert war, was sollte die *Póseidon* dann tun? Manche wären in dem sinkenden Schiff eingeschlossen, die an Deck würden im eiskalten Wasser landen, was also brachte es ihnen in dieser Dunkelheit, bei diesem Sturm, dass sich nur hundert oder zweihundert Meter entfernt ein anderes Schiff befand?

Das Wasser war unter null Grad kalt, niemand überlebte länger als einige Minuten darin, und Rettungsboote hatte die *Mávur* auch nicht mehr.

Nur noch unaufgepumpte Schlauchboote, die in einer Kiste am Bug und in einer am Heck lagerten. Der Kapitän hatte der Mannschaft befohlen, besonders darauf zu achten, dass diese Kisten frei von Eis blieben. Doch wie sollten ihnen diese Schlauchboote helfen? Von der *Póseidon* kam die Frage, ob sie diese Boote nicht jetzt aufpumpen könnten, damit die Besatzung sofort hineinkönnte, wenn sie merkten, dass sie untergingen, doch auch das hielt man auf der *Mávur* für hoffnungslos; Schlauchboote waren bei diesem Seegang zu nichts zu gebrauchen. Lárus versuchte, diese Gedanken zu verscheuchen, sagte sich, er hätte Alpträume im Wachzustand, schließlich hatte er seit Tagen kaum ein Auge zugemacht. Wer sagte denn, dass sie sinken würden, bis jetzt war das ja auch nicht passiert, und das, obwohl ihr Schiff sich nie richtig gerade ausrichtete, nachdem eine Welle es auf die eine oder andere Seite geworfen hatte.

Noch immer waren Männer draußen im Sturm und hackten Eis vom Deck und von den Aufbauten, Lárus hörte im Ruderhaus ihre Schläge. Da kehrten die Gedanken zurück. Was, wenn sie jetzt kenterten? Lárus sah es vor sich oder beschloss vielmehr sich vorzustellen, wie er zu der Seitentür hinauslaufen würde, auf der Seite, die noch aus dem Wasser ragte, wie er das Deck erreichte, bevor es ganz senkrecht stand, wie er außen auf der Bordwand entlanglief, wie der Kiel aus dem Wasser auftauchte, der grün lackiert war, das hatte er erst vor Kurzem gesehen, als die *Mávur* im Trockendock lag. Auf der *Póseidon* würden sie das bestimmt mitbekommen und es irgendwie schaffen, diejenigen zu holen, die es auf den Kiel der sinkenden *Mávur* geschafft hatten. Und vielleicht sanken sie ja auch gar nicht, alle sagten, das Unwetter ließ am nächsten Morgen nach!

Am Morgen ließ das Unwetter nach.

Im Laufe des Tages konnten sie es endlich riskieren, das Schiff richtig vor den Wind zu bringen, und das Manöver gelang. Sie sahen auch zum ersten Mal seit vergangenem Freitag wieder Möwen über dem Meer, wahre Sturmvögel – wenn die kommen, ist man unter Freunden.

Die *Mávur* und die *Póseidon* steuerten in langsamer Fahrt auf ruhigere Gewässer zu. Viele der Männer hatten Erfrierungen, fast allen tat der ganze Körper weh. Der älteste Matrose hatte keine Sekunde geschlafen, seit das Unwetter aufgezogen war, er bekam auf der Heimfahrt so heftiges Herzrasen, dass alle fürchteten, er würde es nicht überleben, während ihm klar wurde, dass er nicht mehr zur See fahren konnte. Obwohl er nichts anderes gelernt hatte. An Land wartete eine Frau, die immer unglücklich wirkte, sie sprachen kaum noch miteinander, und ihr Sohn, der schon auf die dreißig zuging, hatte nie etwas geschafft, nicht einmal die Schule abgeschlossen. Er verlor immer wieder seinen Job und wollte am liebsten tatenlos mit Freunden herumhängen, die Elvis Presley hörten.

Auf der Heimfahrt sprach an Bord der *Mávur* kaum jemand ein Wort. Es war, als hätten sie alle nichts mehr zu sagen, vielleicht konnten sie auch über nichts anderes reden als über das Unwetter der letzten Tage, und genau das wollten sie nicht. Sie waren leer. Verrichteten nur die nötigsten Arbeiten in der Schiffsküche und im Maschinenraum. Der Kapitän und der Steuermann wechselten sich mit den Wachen im Ruderhaus ab, unterstützt von einem weiteren Mann am Steuer. Im Ruderhaus stand auch ein Sofa, auf das sich derjenige von ihnen legte, der gerade nicht Wache hielt.

Als sie die Lichter von Reykjavík sahen, kamen vielen von ihnen die Tränen. Lárus musste sich sehr bemühen, nicht zu weinen, als er die Lichter der Hafeneinfahrt sah, und es gelang ihm, die Tränen herunterzuschlucken.

\*

Als die *Mávur* am fünfzehnten Februar in den Hafen von Reykjavík einfuhr, war es mitten in der Nacht um zwei Uhr dreißig und stockdunkel, und doch war der Hafen voller Menschen. Ein langer weißer Krankenwagen mit roten Kreuzen auf den Seiten wartete, um den verletzten zweiten Steuermann aufzunehmen. Ein Flugzeug war ihnen entgegengeflogen, als sie sich Island näherten, einfach nur um zu sehen, ob es auch wirklich stimmte, dass die *Mávur* noch schwamm. Die freudige Nachricht wurde in den Abendnachrichten des Rundfunks gesendet, die freudige Nachricht, das Gegengewicht zu den Nachrichten von der *Harpa*. Und obwohl die Leute am Hafen die Besatzung der *Mávur* empfingen, die heil nach Hause gekommen war, blieben sie still, denn wenige Stunden zuvor war die Suche nach der *Harpa* und ihrer Mannschaft endgültig eingestellt worden. Die Männer von der *Mávur* verließen nach und nach ihr Schiff, manche wurden in Arme geschlossen, aber auch jetzt sprach man leise, vielerorts hörte man Weinen. Der älteste Matrose wurde von seiner Frau und seinem Sohn empfangen, die Frau umarmte ihn, eine Träne fiel von ihrem Gesicht auf das seine, der Sohn öffnete dem Vater die Fahrertür des klapprigen Familien-Skodas, setzte sich nach hinten und stützte den Fahrersitz mit den Knien ab, sodass er nicht nach hinten kippte, was er gern tat, seit da irgendwann etwas kaputtgegangen war.

Der älteste Matrose dachte: »So ist es gut.«

Die Eltern von Lárus erwarteten ihn mit seinem jüngeren Bruder, die drei sahen irgendwie grau aus, aber schön. Und damit war es vorbei.

*

Es war sicher richtig, die Erinnerung an diese Tage wachzurufen, immerhin ist dieses Schiff quasi nach mir benannt. Viele hatten den Kapitän laut oder leise dafür verflucht, seine Besatzung so geschunden zu haben, uns nur zwei Stunden Ruhe pro Tag zu gönnen, aber irgendwann wurde auch dem letzten Mann klar, dass der Kapitän nie seine Wache im Ruderhaus verlassen und drei Tage und einen halben dort ausgeharrt hatte, mit Kaffee und Tabak. Und dass er, nachdem alles vorbei war, auf dem Weg in seine Koje von zwei Männern gestützt werden musste, damit er nicht ohnmächtig wurde – er selbst hatte ihnen das befohlen.

Zweiunddreißig waren wir an Bord gewesen, erfahrene Seemänner oder solche, die es werden wollten, doch nur acht von uns trauten sich hiernach noch einmal auf See, wir anderen suchten uns Arbeit an Land, also die, die überhaupt noch arbeiten konnten. Ich hatte vorgehabt, sofort über all das zu schreiben, doch es gelang mir erst sehr viel später. Der Bootsmann und ich, die wir uns die schlechteste Kabine geteilt hatten, direkt im Bug, wo der Anker direkt neben unseren Ohren gegen die Schiffswand schlug und wo niemand sein wollte außer uns durch Zufall da Gelandeten, wir sprachen auf der Heimfahrt ab und zu ein paar Worte miteinander, als ob wir Freunde wären.

Er erzählte mir von seiner Frau und dem Kind, die das Licht seines Lebens seien, dessen einziger Sinn und Zweck. Als wir uns endlich dem Hafen von Reykjavík näherten und die Lichter der Stadt schon vor uns sahen, zog er seine besten Klamotten an und band sich die schwarze Cowboy-Krawatte um. Er musste nur noch Aftershave auftragen, nahm seine Flasche *Aqua Velva* und eine andere mit irgendwas Portugiesischem, in denen jeweils noch kleine Reste waren, goss sie zusammen und schüttelte die Mischung so lange, bis sie schäumte wie eine Art Milchshake. Dieses Gebräu schüttete er aber nicht etwa in seine Hände, um es aufzutragen – er kippte sie direkt in sich hinein, trank die Mischung hastig und verzog dabei das Gesicht. Wenige Stunden später war er wieder wie alle anderen Männer geworden, die so ein Zeug tranken: sternhagelvoll und so weit wie nur irgend möglich davon entfernt, schöne Frauen und deren Kinder für sich zu gewinnen. An Land sahen wir uns nicht mehr oft. Einige Jahre später fiel er auf der Straße tot um, und der Redakteur, der in der Kulturbeilage des *Morgunblaðið* oft Gedichte von ihm abgedruckt hatte, schrieb einen schönen Nachruf auf ihn, die Überschrift hieß: *Der dunkle Dichter.*

\*

Mehr als zweihundert Männer ließen in dem Unwetter, in das wir geraten waren, ihr Leben. Die Hälfte davon vor Neufundland, wo auch wir gegen das Eis gekämpft hatten und gegen den

Tod, der uns auf den Meeresgrund ziehen wollte. Die, die es nicht geschafft haben, sind jetzt dort unten, bei denen von der *Titanic*, sie werden nie wieder andere Menschen sehen und niemand sie. Außer sie haben das Glück, im Schleppnetz eines Trawlers zu landen, der sicherlich bald dort unterwegs ist. Dann kehren sie zurück, aufgeblasen von der Luft, die sich in ihnen ausdehnt, während sie aus den Tiefen des Meeres aufsteigen, vielleicht quillt ihnen der Magen aus dem Mund wie den Rotbarschen die Schwimmblase. Manchmal, nachts, sehe ich mich selbst so, in einem Schleppnetz, mit den anderen, auf dem Weg zurück nach oben.

Die isländische Originalausgabe erschien 2018 unter dem Titel
»Stormfuglar« bei Forlagið, Reykjavík.

Sollte diese Publikation Links auf Webseiten Dritter enthalten,
so übernehmen wir für deren Inhalte keine Haftung,
da wir uns diese nicht zu eigen machen, sondern lediglich auf
deren Stand zum Zeitpunkt der Erstveröffentlichung verweisen.

*Mit besonderem Dank
an Steinar J. Lúðvíksson*

Penguin Random House Verlagsgruppe FSC® N001967

2. Auflage
© 2021 btb Verlag, München
in der Penguin Random House Verlagsgruppe GmbH,
Neumarkter Str. 28, 81673 München
Copyright der Originalausgabe © 2018 by Einar Kárason
Covergestaltung: Semper Smile
nach einem Entwurf von Paul Engles
Covermotiv: Slava Gerj/Shutterstock
Satz: Uhl + Massopust, Aalen
Druck und Einband: Friedrich Pustet, Regensburg
Printed in Germany
ISBN 978-3-442-75939-2

www.btb-verlag.de
www.facebook.com/btbverlag